*Os melhores
contos*

• *fernando*
Sabino
Os melhores contos

14ª edição

EDITORA RECORD
RIO DE JANEIRO • SÃO PAULO
2016

CIP-Brasil. Catalogação-na-fonte
Sindicato Nacional dos Editores de Livros, RJ.

S121m
14ª ed.
Sabino, Fernando, 1923-2004
   Os melhores contos de Fernando Sabino / Fernando
Sabino. - 14ª ed. - Rio de Janeiro: Record, 2016.
   226p.

ISBN 978-85-01-91510-8
1. Literatura brasileira - Contos. I. Título.

86-0766
CDD - 869.93
CDU - 869.0(81)-31

Capa: Victor Burton

Proibida a reprodução integral ou parcial em livro de qualquer espécie ou outra forma de publicação sem autorização expressa dos herdeiros do autor.
Reservados todos os direitos de tradução e adaptação.
Copyright © 1986 by Fernando Sabino.

Toda e qualquer semelhança de personagens e situações desta obra com personagens e situações da vida real será mera coincidência.

DISTRIBUIDORA RECORD DE SERVIÇOS DE IMPRENSA S.A.
Rua Argentina 171 - Rio de Janeiro, RJ - 20921-380 - Tel.: (21) 2585-2000

Impresso no Brasil

ISBN 978-85-01-91510-8

Seja um leitor preferencial Record.
Cadastre-se e receba informações sobre nossos lançamentos e nossas promoções.

Atendimento e venda direta ao leitor:
mdireto@record.com.br ou (21) 2585-2002

EDITORA AFILIADA

SUMÁRIO

As coisas da vida / 7

A vingança da porta / 13

Conjugal / 19

Vinho de missa / 25

Eloquência singular / 29

Valentia / 33

O filho da mãe / 37

Até a última gota / 43

Pai e filho / 49

A invenção da laranja / 53

O homem nu / 57

Passeio / 61

Pela porta da frente / 69

Televisão para dois / 73

Cedo para jantar / 77

O melhor amigo / 81

Viajando com mamãe / 85

A carteira roubada / 89

O empregado do coronel / 93

O advogado da Prefeitura / 97

Como eu ia dizendo / 101

Dona Custódia / 107

Sardinhas do Báltico / 111

O ratinho curioso / 113

A companheira de viagem / 119

Espinha de peixe / 123

Homem olhando o mar / 127

Apenas um sorriso diferente / 129

Fuga / 133

O hemistíquio / 135

Macacos me mordam / 139

Botando pra quebrar / 145

No quarto da Valdirene / 149

A mulher do vizinho / 155

Hora de dormir / 157

O canto do galo / 161

Os abismos do esquecimento / 165

A primeira valsa / 169

A volta / 173

O livro perdido / 177

O tapete persa / 181

Confusão com São Pedro / 185

O gato sou eu / 189

Psicopata ao volante / 193

O espelho do general / 197

Turco / 203

Uma noite inesquecível / 205

Paulo pede passagem / 211

Conversinha mineira / 217

Sobre o autor / 219

AS COISAS DA VIDA

— De onde é que eu vim, mamãe? — perguntou o menino.

Ela aproveitou a ocasião e foi falando logo na semente que o papai plantou na mamãe.

— Papai planta a sementinha na mamãe, a barriga dela vai crescendo, e no fim de nove meses o filhote sai por um buraquinho. Foi assim que você veio, todo mundo vem assim: você veio da barriga da mamãe.

E o menino, com um suspiro de tédio:

— O Tuca veio da Bahia. O Bebeto veio de Minas. Todos os meus amigos sabem de onde vieram, só eu não sei. Queria saber de onde é que eu vim.

A MENINA JÁ COM 7 ANOS — mais do que em tempo de aprender as coisas da vida. A mãe se preocupando com a inocência dela:

— Quase uma mocinha e até hoje ainda deve acreditar na cegonha.

O pai era mais realista:

— Cegonha? Que é isso, mulher? Nos dias de hoje? Você até parece que está vivendo no século passado.

— Você está completamente enganado. Elas têm esse ar muito sabido hoje em dia, mas, vai ver, não sabem nada. Ou sabem errado. É preciso ensinar as coisas para ela.

— Pois eu acho que ela é que tem coisas para nos ensinar.

E o pai dava de ombros, como a dizer que não via naquilo problema algum.

MAS ELA VIA — e acabou descobrindo a solução: um livro que vinha fazendo sucesso entre as amigas com problema semelhante em casa:

— É um livro americano. Foi traduzido com os mesmos desenhos do original. Mostra a reprodução das plantas, o pólen das flores que as abelhas transportam. Depois os cachorrinhos fazendo amor, com ilustrações lindas, até chegar no homem, a sementinha que ele põe na mulher. Tudo com a maior delicadeza. Uma graça. Chama *De onde vêm os bebês*, ou qualquer coisa assim.

E animada, ela mandou comprar imediatamente um exemplar do tal livro. Era realmente como a amiga havia dito — desenhos feitos de recortes de papel colorido, uma graça: o galo em cima da galinha, o pintinho dentro do ovo, depois o bebê se formando no útero da mãe.

Até ela própria aprendeu alguma coisa:

— Sempre pensei que o útero e os ovários ficassem colados um no outro.

A menina esticou o pescoço para ver:

— Que livro é esse?

— Pode olhar, minha filha. Foi para você mesma que eu comprei.

— Para quê?

— Para você ler — e estendeu-lhe o livro.

— Não tem quase nada para ler aqui...

A filha folheava o livro, intrigada:

— É história de quê?

— De como nascem os bebês. Pode ler tudinho, você vai gostar.

— É história de criança?

— É especial para criança da sua idade. Ensina uma porção de coisas.

— Que coisas?

— As coisas da vida.

— As coisas da vida? Quais são?

— Se eu fosse te ensinar, não era preciso o livro. Ele ensina melhor. Agora vai, que sua mãe está ocupada.

NÃO ESTAVA, mas aquela conversa a constrangia. A filha se foi, livro debaixo do braço, aprender no quarto as coisas da vida.

O pai acompanhara a conversa, divertido, escondendo o sorriso atrás do jornal:

— Ela te deixou apertada, hein?

— Absolutamente. Nós temos um relacionamento muito bom.

— Ela deve estar pensando que é bebê extraterrestre, ou coisa parecida.

— Esse livro vai fazer muito bem a ela.

— Quero só ver.

— POIS VENHA VER, ENTÃO — algum tempo mais tarde a mulher veio chamá-lo, excitada: — Venha ver que coisa mais engraçadinha.

Tomou o marido pelo braço, conduziu-o até o quarto das crianças. Pedindo silêncio, mostrou-lhe a filha, sentada na cama, a folhear o livro para o irmãozinho a seu lado. Embora ele não tivesse nem 5 anos, olhava tudo com o maior interesse, e acompanhava atentamente as explicações que ela ia lhe dando a cada gravura:

— Isto aqui é a sementinha brotando.

— Olha o que o galo faz com a galinha.

Os pais se afastaram, deixando que as crianças aprendessem à vontade as coisas da vida.

NO DIA SEGUINTE era ele que convocava a mulher:

— Venha ver só uma coisa.

Mostrou-lhe o livro que a menina largara displicentemente em cima da mesa do café, antes de ir para o colégio:

— Olha a nossa filhinha, tão inocente, tão engraçadinha.

E exibiu-lhe o livro aberto, num gesto largo. Em cada ilustração a menina havia acrescentado por conta própria, a lápis de cor, caprichosamente desenhados, detalhes anatômicos de fazer corar um frade de pedra, como se dizia antigamente.

Não sendo frade, e muito menos de pedra, ele se limitou a dizer, folheando o livro sob os olhos dela, sem conter o riso ante seu ar escandalizado:

— Não se pode negar que a menina tem talento. Uma artista, a nossa filha, olhe aqui. É o que se chama de criatividade.

Eia recuou, horrorizada:

— Não sei como você ainda tem coragem de rir de uma coisa dessas!

— São as coisas da vida.

No desenho do galo, a menina havia acrescentado o que se pode chamar apropriadamente de um gigantesco pinto. No homem, então, nem se fala. A própria mulher do desenho parecia tão assustada quanto a mãe da artista:

— Onde é que minha filha foi aprender isso, meu Deus!

Outras ilustrações detalhadas, de sua exclusiva criatividade, revelavam inequivocamente que a filha já sabia muito bem de onde vêm os bebês.

— Era o que ela estava ensinando ao irmão — concluiu o pai.

A mulher levou as mãos à cabeça:

— Não diga isso! Meu filhinho! Não diga que ele viu essa indecência! Onde é que ele está? Meu filho! Filhinho!

E saiu a procurá-lo pela casa. Foi encontrá-lo no quarto dos fundos, com a filha da empregada, mais nova ainda do que ele, mostrando-lhe, ao vivo, de onde vêm os bebês.

A VINGANÇA DA PORTA

A PORTA DE VIDRO do chuveiro não estava funcionando bem. Fechar, fechava, mas à simples deslocação de ar provocada pela água, ela se abria mansamente. Só os americanos que, tidos por excêntricos, tomam banho no inverno, sabem o que significa uma repentina rajada de ar frio a assinar com a água quente do chuveiro um contrato de pneumonia dupla que nenhum antibiótico rescindirá. Ela, uma senhora brasileira residente em Nova York, mandou chamar o zelador do edifício.

O zelador compareceu ao fim de três semanas e cinco gorjetas, munido do competente alicate. Depois de verificar a procedência da reclamação, concluiu que o conserto fugia à sua alçada. A um zelador cabe receber os aluguéis no fim do mês, zangar com as crianças que brincam no saguão de entrada e, eventualmente, chamar à ordem os inquilinos que dependuram roupas do lado de fora do prédio. No capítulo dos consertos, cabe-lhe apenas munir-se de um alicate e percorrer regularmente os apartamentos, recolhendo gorjetas. No caso em questão era preciso chamar a companhia que montava e reparava instalações de banho. E a dona do apartamento assim fez.

Veio o homem de uma companhia dessas, contratado por hora. Como, porém, sua especialidade ficasse circunscrita aos aparelhos de banho, meteu-se a reparar o chuveiro, dando ao jato d'água uma pressão e uma direção que não forçassem a porta de vidro a abrir-se assim que se torcia a torneira. Findo o trabalho, depois de duas horas de aplicadas experimentações, que acabaram deixando o banheiro completamente inundado, teve de reconhecer que o defeito na porta persistia e que só na própria porta haveria de ser reparado. Portas, contudo, não eram a sua especialidade.

Chamou-se um serralheiro, mestre na reparação de fechaduras. A um primeiro olhar, porém, ele constatou que nada poderia fazer, desde que a porta do chuveiro não dispunha propriamente de fechadura, mas de uma simples lingueta provida de uma mola que cedia à pressão do batente. Além do mais, o defeito estaria talvez no excesso de folga entre este batente e a porta, o que implicava ter de aproximá-los. Depois de fazer para a dona do apartamento uma preleção sobre o funcionamento das fechaduras e os diferentes tipos de chaves, declarou que nada entendia de dobradiças, e como essas deviam ser destacadas da parede para remoção da porta, melhor seria que se chamasse um pedreiro. E um pedreiro foi chamado.

A princípio o pedreiro argumentou que as dobradiças se prendiam a um suporte de madeira embutido na parede, e que torná-lo saliente, para que a porta se ajustasse ao batente do outro lado, exigiria outra peça de madeira — serviço, pois, de um marceneiro. Mas como a mulher, já exasperada, lhe ordenasse que removesse da parede a porta com suporte e tudo, ele pôs mãos à obra. Em meia hora estava aberto na parede um rombo quase do tamanho da própria porta, e esta jazia no chão, enquanto o pedreiro tomava medidas.

— Vou encomendar do carpinteiro um suporte mais largo — explicou. — Depois volto para acabar o serviço.

E se foi, deixando a porta no chão.

Então é que se deu o inesperado. O buraco na parede não se abria para uma dependência do próprio apartamento, conforme o pedreiro, que não era arquiteto, erradamente supôs. Abria-se para o apartamento do vizinho, exatamente no lugar onde ficava o seu chuveiro. Naquela mesma tarde esse vizinho, ao regressar da cidade, foi tomar banho, e quando, já despido, transpôs a porta do chuveiro, deu com o vastíssimo buraco na parede e a caliça no chão. Sem perda de tempo meteu a cabeça no apartamento alheio como que debruçado numa janela:

— Ô madame! — pôs-se a gritar, furioso.

Madame veio correndo, pressurosa. Ao dar com aquele busto nu e cabeludo emergindo de seu chuveiro, ela não pôde deixar de se enraivecer também:

— O senhor não tem vergonha de entrar na minha casa sem roupa, desse jeito? Isso é casa de família e eu mal o conheço. Se quer falar comigo vá se vestir primeiro e passe pela porta da frente.

— Que significa isso? — berrava o homem. — Com licença de quem a senhora me abre um buraco deste tamanho na minha parede?

— Sua parede, não senhor. Abri um buraco na minha parede.

E ela cruzou os braços, disposta a tudo.

— Ah, sua parede? Então a senhora é dona da parede do lado de cá? Daqui a pouco vai dizer também que é dona de minha casa e quer tomar banho no meu chuveiro.

— Vá mais devagar! Dispenso a intimidade. Precisei de consertar a porta do meu chuveiro e não tenho culpa se as paredes daqui são tão finas. No meu país não aconteceria isso. Começa que lá nós não vivemos empilhados em caixinhas de papelão.

— Pois então volte para o seu país. Vou reclamar com o zelador.

E o homem se afastou da abertura disposto a levar até as últimas consequências o seu protesto. Mas aconteceu que, afastando-se, apareceu de corpo inteiro aos olhos da mulher, esquecendo-se de que estava pelado. Ela cobriu os olhos e botou a boca no mundo:

— Seu indecente! Atrevido! O senhor há de ajustar contas com o meu marido.

E foi-se embora, indignada. O vizinho, pensando com mais calma, viu que de nada adiantaria reclamar com o zelador. Ele haveria de prometer providências diariamente e uma semana se passaria antes que sequer viesse ver de que se tratava. Enquanto isso, o buraco ficaria aberto e ninguém poderia usar o chuveiro com tranquilidade. Vestiu o roupão e chamou de novo a mulher:

— Ô madame!

Madame gritou lá de dentro que se ele insistisse ela chamaria a polícia. Mas ao perceber que ele já se vestira, tornou a chegar-se, mais cordata:

— O que é que o senhor quer desta vez?

— Quero ver se pelo menos chegamos a um acordo. Por quanto tempo a senhora pretende deixar esse buraco aberto?

— Não sei. Isso depende do pedreiro.

— E por quanto tempo a senhora pretende ficar sem tomar banho?

— Sou brasileira, meu senhor. Tomo banho todos os dias.

— A que horas?

Isso a brasileira achou que também era demais:

— Pergunte a meu marido, se o senhor quer saber.

— Estou perguntando só para que nossos horários não coincidam — explicou o vizinho, impaciente. — Não pense que tenho a mínima curiosidade de ver a senhora tomar banho.

A essa altura, a esposa do vizinho, ouvindo lá da sala a conversa, resolveu intervir:

— Pois fique sabendo que enquanto houver esse buraco na parede você não põe o pé no chuveiro.

E passou à ofensiva contra a outra. As duas senhoras se desavieram, discutindo meia hora, sem chegar a nenhum entendimento. Afinal, já de noite, a situação foi resolvida diplomaticamente pelos próprios maridos. Utilizariam os respectivos chuveiros em horários diferentes e colocar-se-ia uma cortina provisória ocultando a abertura. Assim se fez, e tudo correu sem novidades naqueles dias. Às vezes coincidia, porém, de um marido se atrasar e o outro encontrá-lo ainda no banheiro.

— Muito trabalho hoje? — perguntava um do lado de lá, se enxugando.

— Bastante. E o frio cada vez mais forte, não? — respondia o outro, do lado de cá, se ensaboando.

Às vezes um braço molhado varava a cortina:

— Por favor, quer me passar o seu sabão? O meu acabou.

Um dia veio o pedreiro, trazendo o novo suporte da porta. Os vizinhos se despediram amistosamente, antes que a parede fosse restaurada. Recolocada a porta, foi a vez do pintor, que retocou a parede, e do vidraceiro, que substituiu o vidro, quebrado durante os consertos.

Tudo pronto, madame experimentou tomar o seu banho a portas fechadas, sem buracos na parede e sem correntes de ar. Inútil: era só abrir a torneira e a porta também se abria. Tudo como dantes. Desesperada, telefonou para a seção de informações da Biblioteca Pública:

— O senhor sabe da existência de alguma Companhia de Consertos de Trincos de Lingueta de Pressão de Portas de Chuveiro? — perguntou.

— Há uma em Pittsburgh — informaram-lhe.

Sem saber mais o que fazer, madame deu dois pontapés enraivecidos no batente da porta. E a porta ficou consertada.

CONJUGAL

TELEFONOU PARA A IRMÃ, indignada:

— Imagine que aquele sem-vergonha mandou aqui um contínuo para me avisar que ele não vem jantar, tem de ficar até mais tarde no escritório. Fiquei desconfiada, telefonei para o escritório e o vigia é que atendeu, me disse que todos já foram embora, não tem ninguém mais no escritório! O que é que eu faço?

— Vem para cá — disse-lhe a irmã.

Mais velha e experiente, a irmã se dispôs a ajudá-la. Enquanto as duas jantavam, tentando concertar um plano, a esposinha se lastimava, chorosa entre garfadas:

— Nem dois meses de casada! Nunca pensei que ele fosse capaz de uma coisa dessas — me enganar dessa maneira!

— É assim que eles começam, minha filha — pontificou a outra, conformada no ceticismo, fruto das desilusões de um casamento já desfeito. — Mas chorar não resolve: vamos ver o que se pode fazer. Você não deve deixar a coisa passar em brancas nuvens. Se não reagir, amanhã nem avisar ele manda.

— Imagine que o contínuo estava até com cara de riso! Foi o que me fez desconfiar.

A irmã começou a ditar-lhe instruções. Mastigando lentamente, ela escutava atenta, uma lágrima fácil ainda a equilibrar-se no rostinho mimoso. Findo o jantar, sentaram-se na sala, a irmã mais velha acendeu um cigarro, ofereceu outro à irmã mais nova. Tão perturbada se achava esta que, distraída, aceitou, embora até então nunca tivesse fumado. Logo à primeira tragada engasgou, aproveitando o acesso de tosse para romper em soluços:

— Ele deve ter uma amante! Nunca pensei!

— Tenha calma, minha filha — tranquilizou a outra: — Você dá uma lição nele. Quando você saiu, disse aonde ia?

— Dizer a quem? Deixei um bilhete assim: "Roberto — eu vou sair — Vera Lúcia."

E Vera Lúcia apoiou o rosto na mão, fitando o espaço, pensativa:

— Eu devia ter aproveitado e dado uma busca nas coisas dele, para ver se descobria alguma coisa...

Eram onze horas quando as duas se dirigiram ao apartamento da esposa ultrajada. Logo ao chegar, tiveram uma surpresa: no bilhete deixado sobre a mesa, abaixo do recado "Roberto — eu vou sair — Vera Lúcia", estava escrito: "Eu também — Roberto." Vera Lúcia olhou a irmã interrogativamente: aquilo atrapalhava todos os planos.

— Nada disso: ele esteve aqui e tornou a sair, mas não tem importância. Você tem uma mala, das grandes?

Puseram a mala sobre a cama, ao lado de um monte de roupas e vestidos, tudo ainda do enxoval, e sentaram-se à espera.

— E se ele não voltar? Vai ver que esteve aqui para mudar de roupa, buscar dinheiro. Vai ver que me abandonou. Olha só como ele escreveu aqui: "Eu também — Roberto", tranquilamente, sem uma palavra de explicação! Meu Deus, que desilusão.

A vida é mesmo um mar de desilusões — era o que a outra, a experiente, parecia estar pensando, a olhar a irmã, entre irônica e compassiva. Ela própria, porém, ia navegando:

— Não liga pra isso não, minha filha. Os homens não prestam mesmo.

À meia-noite, afinal, chegou o que não prestava. Assim que ouviram o ruído da chave na porta as duas saltaram da cama e a esposa pôs-se a arrumar estabanadamente a mala. Ele, porém, não se dirigiu logo ao quarto. Tirou o paletó, jogou-o na cadeira e foi ao banheiro, onde se aliviou, sem se lembrar de fechar a porta. Depois atravessou a sala assobiando, entrou na cozinha, abriu a geladeira, deu uma olhada, tornou a fechar. Atentas, as duas acompanhavam lá do quarto todos os seus passos. Comeu uma banana, atirou a casca no mármore da pia, ligou o gás. A irmã mais velha foi ver o que ele fazia, surpreendeu-o tentando requentar um café:

— Você por aqui? — estranhou ele, enquanto farejava o interior da cafeteira: — Este café deve estar de amargar. Que horas são?

— Meia-noite — respondeu a cunhada, imperturbável como uma esfinge.

Ele desistiu do café, comeu outra banana, apanhou um palito e passou por ela, bocejando:

— Estou morto de sono.

No quarto, ao dar com a mala sobre a cama, voltou-se para a mulher, intrigado:

— Ué, quem é que vai viajar?

Ela se voltou, muito digna:

— Eu. Vou para a casa de mamãe.

Ele riu:

— A essa hora? Sua mãe já deve estar dormindo.

Desconcertada, a esposinha o olhava sem saber o que fazer. Aquela reação levava por água abaixo o plano minuciosamente estudado. Quando ele, perplexo, perguntasse: "Por quê?", ela saltaria, dramática: "Porque não me casei para me sujeitar a..." e iria por aí afora. No fim ele, patético, pediria perdão, explicaria tudo, inventava umas mentiras, ela perdoava, a irmã iria embora e tudo se harmonizava — ele tendo aprendido sua lição. Em vez disso limitava-se a rir. Vera Lúcia olhava a irmã por cima do ombro do marido, como a perguntar: "E agora? O que é que eu faço?"

— Roberto, exijo uma explicação — improvisou ela, gravemente, plantando-se diante dele. A irmã aprovou com o olhar.

— De quê, minha filha?

— Onde você estava? — e ela o olhava com firmeza, como se da resposta dependesse o destino de ambos.

— Na cozinha — respondeu ele, cada vez mais intrigado. Olhou para a cunhada, como a pedir explicação.

— Não seja cínico! Eu quero saber onde você foi hoje à noite. É meu direito de esposa.

— Que brincadeira é essa? — e ele tornou a rir: — Parece novela de televisão! Ia haver serão no escritório, não houve, estive aqui, você não estava, jantei com o Jorge, jogamos um buraco. Dei azar. Não ganhei uma só vez.

Caminhou preguiçosamente até a cadeira, palitando os dentes, sentou-se, descalçou os sapatos com um suspiro de alívio:

— Tira essa mala da cama que eu quero dormir.

— Vou para a casa de mamãe — repetiu ela, chorosa, sem saber mais o que dizer.

— Está bem, mas amanhã: hoje já é tarde.

A essa altura, vendo que não havia mais nada a fazer, a irmã resolveu se despedir. Sua experiência de vida de nada adiantara. A outra ficou a sós com o marido no quarto, resolveu voltar ao que era, sem planos, sem direitos de esposa. Abraçou-se a ele:

— Me desculpe, meu bem, ter desconfiado de você. A gente perde a cabeça, fica pensando coisas.

Mais tarde, já deitados, luz apagada, ela chamou-o num sussurro:

— Roberto...

— Ahn? — resmungou ele, de dentro do sono.

Ela pediu, com voz suave:

— Um dia você me ensina a jogar buraco?

Ele não respondeu; dormia a sono solto e ela, num arrepio de prazer, já quase dormindo também, reparou pela primeira vez que ele roncava.

VINHO DE MISSA

ERA DOMINGO E O NAVIO prosseguia viagem. Os passageiros iam sendo convocados para a missa de bordo.

— Vamos à missa? — convidou Ovalle.

O passageiro a seu lado no convés recusou-se com inesperada veemência:

— Missa, eu? Deus me livre de missa.

— Não entendo — tornou Ovalle, intrigado: — O senhor pede justamente a Deus que o livre da missa?

— No meu tempo de menino eu ia à missa. Mas deixei de ir por causa de um episódio no colégio interno, há mais de trinta anos. Colégio de padre — isso explica tudo, o senhor não acha?

Ele achou que não explicava nada e pediu ao homem que contasse.

— Pois olha, vou lhe contar: imagine o senhor que havia no colégio um barbeiro, para fazer a barba dos padres e o cabelo dos alunos. Vai um dia o barbeiro me seduz com a ideia de furtar o vinho de missa, que era guardado numa adega. Me ensinou um jeito de entrar na adega — e um dia eu fiz uma incursão ao tonel de vinho. Mas fui infeliz: deixei a torneira pingando, descobriram a travessura e no dia seguinte o padre-diretor reunia todos os alunos do colégio, intimando o culpado a se denunciar. Ia haver comunhão geral e quem comungasse com tão horrenda culpa mereceria danação eterna. Está visto que não me denunciei: busquei um confessor, tendo o cuidado de escolher um padre que gozava entre nós da fama de ser mais camarada: "Padre, como é que eu saio desta? Eu pequei, fui eu que bebi o vinho. Mas se deixar de comungar, o padre-diretor descobre tudo, vou ser castigado." Ele então me tranquilizou, invocando o segredo confessional, me absolveu e pude receber comunhão. Pois muito bem: no mesmo dia todo mundo sabia que tinha sido eu e eu era suspenso do colégio.

O homem respirou fundo e acrescentou, irritado:

— Como é que o senhor quer que eu ainda tenha fé nessa espécie de gente?

Ovalle ouvia calado, os olhos perdidos na amplidão do mar. Sem se voltar para o outro, comentou:

— O senhor, certamente, achou que o confessor saiu dali e foi diretinho contar ao diretor.

— Isso mesmo. Foi o que aconteceu.

— O vinho era bom?

— Como?

— Pergunto se o senhor achou o vinho bom.

O homem sorriu, intrigado:

— Creio que sim. Tanto tempo, não me lembro mais... Mas devia ser: vinho de missa!

Então Ovalle se voltou para o homem, ergueu o punho com veemência:

— E o senhor, depois de beber o seu bom vinho de missa, me passa trinta anos acreditando nessa asneira?

O homem o olhava, boquiaberto:

— Asneira? Que asneira?

— Será possível que ainda não percebeu? Foi o barbeiro, idiota!

— O barbeiro? — balbuciou o outro: — É verdade... O barbeiro! Como é que na época não me ocorreu...

— Vamos para a missa — ordenou Ovalle, tomando-o pelo braço.

ELOQUÊNCIA SINGULAR

MAL INICIARA SEU DISCURSO, o deputado embatucou:
— Senhor presidente: não sou daqueles que...

O verbo ia para o singular ou para o plural? Tudo indicava o plural. No entanto, podia perfeitamente ser o singular:

— Não sou daqueles que...

Não sou daqueles que recusam... No plural soava melhor. Mas era preciso precaver-se contra essas armadilhas da linguagem — que recusa? —, ele que tão facilmente caía nelas, e era logo massacrado com um aparte. Não sou daqueles que... Resolveu ganhar tempo:

— ...embora perfeitamente cônscio das minhas altas responsabilidades, como representante do povo nesta Casa, não sou...

Daqueles que recusa, evidente. Como é que podia ter pensado em plural? Era um desses casos que os gramáticos registram nas suas questiúnculas de português: ia para o singular, não tinha dúvida. Idiotismo de linguagem, devia ser.

— ...daqueles que, em momentos de extrema gravidade, como este que o Brasil atravessa...

Safara-se porque nem se lembrava do verbo que pretendia usar:

— Não sou daqueles que...

Daqueles que o quê? Qualquer coisa, contanto que atravessasse de uma vez essa traiçoeira pinguela gramatical em que sua oratória lamentavelmente se havia metido logo de saída. Mas a concordância? Qualquer verbo servia, desde que conjugado corretamente, no singular. Ou no plural:

— Não sou daqueles que, dizia eu — e é bom que se repita sempre, senhor presidente, para que possamos ser dignos da confiança em nós depositada...

Intercalava orações e mais orações, voltando sempre ao ponto de partida, incapaz de se definir por esta ou aquela concordância. Ambas com aparência castiça. Ambas legítimas. Ambas gramaticalmente lídimas, segundo o vernáculo:

— Neste momento tão grave para os destinos da nossa nacionalidade...

Ambas legítimas? Não, não podia ser. Sabia bem que a expressão "daqueles que" era coisa já estudada e decidida por tudo quanto é gramaticoide por aí, qualquer um sabia que levava sempre o verbo ao plural:

— ... não sou daqueles que, conforme afirmava...

Ou ao singular? Há exceções, e aquela bem podia ser uma delas. Daqueles que. Não sou UM daqueles que. Um que recusa, daqueles que recusam. Ah! o verbo era recusar:

— Senhor presidente. Meus nobres colegas.

A concordância que fosse para o diabo. Intercalou mais uma oração e foi em frente com bravura, disposto a tudo, afirmando não ser daqueles que...

— Como?

Acolheu a interrupção com um suspiro de alívio:

— Não ouvi bem o aparte do nobre deputado.

Silêncio. Ninguém dera aparte nenhum.

— Vossa Excelência, por obséquio, queira falar mais alto, que não ouvi bem — e apontava, agoniado, um dos deputados mais próximos.

— Eu? Mas eu não disse nada...

— Terei o maior prazer em responder ao aparte do nobre colega. Qualquer aparte.

O silêncio continuava. Interessados, os demais deputados se agrupavam em torno do orador, aguardando o desfecho daquela agonia, que agora já era, como no verso de Bilac, a agonia do herói e a agonia da tarde.

— Que é que você acha? — cochichou um.

— Acho que vai para o singular.

— Pois eu não: para o plural, é lógico.

O orador prosseguia na sua luta:

— Como afirmava no começo de meu discurso, senhor presidente...

Tirou o lenço do bolso e enxugou o suor da testa. Vontade de aproveitar-se do gesto e pedir ajuda ao próprio presidente da mesa: por favor, apura aí pra mim como é que é, me tira desta...

— Quero comunicar ao nobre orador que o seu tempo se acha esgotado.

— Apenas algumas palavras, senhor presidente, para terminar o meu discurso: e antes de terminar, quero deixar bem claro que, a esta altura de minha existência, depois de mais de vinte anos de vida pública...

E entrava por novos desvios:

— Muito embora... sabendo perfeitamente... os imperativos de minha consciência cívica... senhor presidente... e o declaro peremptoriamente... não sou daqueles que...

O presidente voltou a adverti-lo de que seu tempo se esgotara. Não havia mais por onde fugir:

— Senhor presidente, meus nobres colegas!

Resolveu arrematar de qualquer maneira. Encheu o peito e desfechou:

— Em suma: não sou daqueles. Tenho dito.

Houve um suspiro de alívio em todo o plenário, as palmas romperam. Muito bem! Muito bem! O orador foi vivamente cumprimentado.

VALENTIA

ELE ENTROU NUM BOTEQUIM da Rua Barata Ribeiro e pediu à moça atrás do balcão um misto quente:

— E um suco de laranja — arrematou.

— Só temos laranjada — a mulatinha, mirrada e assustadiça, olhou para o vaso de plástico embaçado onde o líquido amarelo borbulhava gelado: — O senhor quer suco mesmo?

— Se for possível.

Ela se dispôs a espremer umas laranjas ao seu alcance. Em pouco colocava à frente dele o suco de laranja e o sanduíche.

— Muito obrigado. Quanto é?

As despesas ali eram pagas antecipadamente na caixa, e os pedidos feitos mediante a ficha — era o que ele podia observar agora, enquanto comia, reparando o procedimento dos outros fregueses. A mocinha passou a atender um e outro. Ele acabou de comer, sorveu um último gole do suco de laranja:

— Quanto é? — repetiu, limpando a boca no guardanapo de papel.

Ela se deteve diante dele, acabou se voltando para a caixa:

— Seu Manuel, quanto é um suco de laranja?

O homem fez que não ouviu, ela teve de repetir a pergunta. De súbito ele se desdobrou por detrás da caixa, e era enorme assim de pé, o peito estufado dentro da camisa encardida, a gravata de laço frouxo no colarinho desabotoado, o rosto crispado numa careta de raiva que a barba por fazer ainda mais acentuava:

— Quem lhe deu ordem de fazer suco de laranja?

Sua voz carregada de sotaque era tão poderosa e autoritária que se fez no botequim um respeitoso silêncio, todos os olhares se voltaram.

— Esse moço aqui... — balbuciou ela.

Suas palavras mal foram ouvidas, logo esmagadas pelas do patrão:

— Quem manda aqui sou eu. O moço não podia mandar fazer coisa nenhuma. Pois agora quem vai pagar é você!

A mocinha, aterrada, olhou para o freguês. O freguês não olhou para ninguém: limitou-se a beber o que havia ainda de suco de laranja no fundo do copo e limpar a boca, desta vez com as costas da mão. Ninguém dizia nada, e todos esperavam. Ele se voltou enfim para o homem lá da caixa e perguntou com delicadeza:

— O que foi que o senhor disse?

O homem se adiantou um passo em sua direção:

— Não se meta nisso. Estou falando com aquela parva.

Pequenino, ele parecia um menino ao aproximar-se lentamente da figura agigantada do outro. O silêncio no botequim agora era pesado e cheio de expectativa. E, estupefatos, todos viram quando o homenzarrão se inclinou, carrancudo, para ouvir melhor o que o pequenino lhe dizia quase num sussurro:

— Eu vou te matar, seu cachorro ordinário. Aqui. E agora. Eu vou te matar, entendeu? Diga se entendeu.

— Entendi sim senhor — gaguejou o homem, de súbito apavorado, embora o outro não fizesse o menor gesto ameaçador nem sugerisse possuir nenhuma arma.

— Então diga quanto lhe devo.

O homem balbuciou uma quantia qualquer, indo refugiar-se atrás da caixa. Depois de pagar e guardar calmamente o troco, o outro se voltou para a mocinha lá no balcão, que continuava imóvel como uma estátua:

— Olha, minha filha: eu moro aqui perto e vou passar aqui todos os dias. Se esse cafajeste lhe fizer alguma coisa, basta me falar que eu me entendo com ele, está bem?

A mocinha, estarrecida, concordou com a cabeça, o próprio cafajeste quase concordou também com a cabeça. O freguês deu-lhe ainda um último olhar e depois saiu, palitando os dentes com um palito de fósforo.

O FILHO DA MÃE

— A H, AQUELE MENINO, você nem imagina! Ainda acaba me botando maluca. E nem 11 anos ele tem. Pois outro dia não foi pedir dinheiro emprestado ao gerente do Banco ali em frente? Me viu fazendo um empréstimo, achou que era só pedir e eles davam. Então foi até lá: eu quero tirar um dinheiro aí. O gerente depois me contou: quanto você precisa? — fingindo que levava a sério. Seis mil. Seis mil? Para que você precisa de seis mil cruzeiros? Ele disse que era para comprar uma prancha de surfe. O gerente explicou que não podia ser assim, tinha de encher uns papéis, a mãe dele tinha de assinar. Ele coçou a cabeça, desanimado: a gorda não assina. A gorda sou eu.

— Está com mania de surfe, mas ainda não tem tamanho nem para carregar uma prancha. Então ele inventou outro jeito de ganhar dinheiro: consertar pranchas de outros surfistas. Na prancha, não sei se você sabe, com o uso acabam aparecendo umas gretas que os meninos chamam de... Bem, vou chamar de greta mesmo, mas você me entende, né? Pela forma, até que eles têm razão, o nome não podia ser outro, e eles falam o tempo todo com a maior naturalidade, sem nem lembrar que é palavrão. Pois o diabo do menino arranjou aquela profissão: consertador de greta de prancha de surfe.

Cobrava 200 cruzeiros por cada greta que consertava. Só que ele não sabia consertar coisa nenhuma, pois além do mais precisa ter uma cola especial, ou resina, sei lá, e ele não tinha. Enchia a greta de algodão, tapava com esparadrapo e pintava com guache da cor da prancha. Era só entrar n'água e o conserto saía todo, como o curativo de uma ferida. Até que um dia ele consertou duas gretas na prancha do filho do delegado, 400 cruzeiros. Quando se deu a desgraça dentro d'água, o delegado mandou me chamar lá. Pronto, eu pensei, desta vez a greta é mais embaixo.

— Levei o menino comigo para que o delegado desse logo um esculacho nele, e acabei deixando ele lá sozinho a pedido do homem, fui fazer umas compras. Quando voltei, encontrei os dois num papo animadíssimo sobre futebol, cada um entendendo mais do que o outro — o delegado, que eu saiba, não chegou nem a tocar no assunto, o conserto das gretas da prancha do filho dele ficou por isso mesmo. Na volta o menino, que estava de calção, ainda me fez mais uma: espera um instantinho, mamãe. E entrou numa loja. Demorou um pouco, depois voltou de calção novo, dizendo com aquele ar dele que eu já conheço: podemos ir embora. Pois na loja, me contaram depois, ele pediu para experimentar um calção e disse ao homem: espera um instantinho, que eu vou lá fora mostrar para a gorda.

— Ouve só a última que ele me aprontou, ainda ontem. Não eram nem seis e meia da manhã e eu estava na parte mais macia do meu sono, quando bateram na porta do apartamento. Acordei assustada, passei a mão no robe e fui ver quem era. Mas não fui abrindo logo não, que eu moro sozinha com o menino e tenho medo de assalto. Primeiro perguntei quem era. "Polícia!", berraram lá de fora. Mais essa agora: não sou da vida nem da muamba, que diabo haviam de querer comigo? Então berrei de cá: qual é, meu chapa? Mas não estavam para brincadeira, já esmurrando a porta: abre logo, antes que a gente arrebente essa joça. Abri com a corrente presa, e perguntei pela fresta com toda a delicadeza: posso ser útil em alguma coisa? Eram três homens, um deles um crioulão de meter medo, outro com ar de tira mesmo, e um de paletó e gravata, devia ser o chefe. Abri a porta, que remédio? E entraram os três. Se fosse assalto eu estava ferrada, mas era polícia mesmo, o que às vezes não faz a menor diferença.

— O crioulão ali na minha frente abrindo e fechando as mãos como se fosse me agarrar de uma hora para outra e tirar logo um pedaço, e eu já dizendo calma, calma, pessoal, que dá para todos, o de paletó com o dedo na minha cara dizendo que era advogado, aquilo não ficava assim, eu ia ter de explicar era na delegacia a história da carabina. Bem, sendo advogado e não tira, como os outros dois, a barra não estava assim tão pesada e eu... Mas espera aí, carabina? Que carabina? Ele sacudiu o dedo no meu nariz: carabina sim senhora, não pensa que a senhora me faz de idiota, sabe muito bem que carabina. A carabina que seu filho vendeu para o meu!

— Agora sai dessa: a carabina que seu filho vendeu para o meu. E o pai segurando a cabeça com as duas mãos como se ela fosse voar: logo para meu filho, que é um débil mental! Resolvi apelar: por isso não, que o meu também é. Ah, o seu também é? — ele retrucou: e a senhora acha que ele é pior do que o meu? Eu disse: o seu come uma pizza inteira, das grandes, depois do almoço e outra depois do jantar? Ele disse: o seu acorda às seis horas da manhã para ficar marchando na rua pra lá e pra cá feito soldado, de carabina no ombro? Tive de reconhecer: é, de fato o seu é pior. Então ele disse, furioso, que o meu não passava de um maconheiro. Ah, essa não! Eu não disse que maconheira era a mãe dele porque na hora tive medo dos tiras. Então falei que absolutamente, e coisa e tal. Ele botou as munhecas na cintura: ah, é pequenino pra ser maconheiro? E a senhora pode fazer o favor de me dizer pra que o pequenino precisava dos 50 cruzeiros que cobrou do meu filho pela carabina, se não era pra comprar maconha então pra que era? Se a carabina valia muito mais?

— E eu ali pensando mas que diabo de carabina... De repente me lembrei: uma amiga minha tinha me dado uma espingarda, para quê eu não sei, ela trabalha numa casa de armas. De armas ou de brinquedos, sei lá: devia ser pra matar passarinho, espingarda de chumbo, uma graça. Só que eu não ia botar ela no ombro e sair por aí marchando na rua como o débil mental do filho do outro havia feito: a radiopatrulha viu aquilo, achou estranho, depois de muito custo os guardas descobriram onde o coisinha morava, foram acordar o pai, e ali estava ele, botando fogo pelas ventas. Fui correndo olhar em cima do armário se a espingarda ainda estava lá. Claro que não estava. Como se existisse algum lugar no mundo onde eu pudesse esconder qualquer coisa do meu filho. Eu já podia ter contado com essa: tudo que cai nas mãos dele ele vende. Sempre por 50 cruzeiros, para comprar pizza. Como come, o filho da mãe! E a gorda sou eu. Vendeu por 50 cruzeiros a bicicleta novinha que eu dei para ele no Natal, custou 4.500! Um pouquinho de correção monetária não faria mal a ninguém, você não acha?

— Então fui acordar o monstrinho. Cheguei a cara bem perto da dele e falei: acorda, filho da mãe. Ele abriu os olhos e ficou me olhando com aquele arzinho de anjo barroco. Peguei nele pela orelha e falei: vem comigo pra você ver o bode que deu desta vez. Ele veio todo mansinho, que malandro não estrila. No que entramos na sala, agora vê se pode! No que entramos na sala o advogado olhou para ele, espantado: ué, mas é você, velhinho? quem diria? E depois de se abaixar para abraçar o menino como se fosse um companheiro de farra, voltou-se para mim: somos velhos amigos, até já ganhamos dinheiro juntos, ele me ensinou a jogar no bicho.

ATÉ A ÚLTIMA GOTA

OS DOIS ESCOLHERAM UM LUGAR calmo, onde pudessem conversar: o bar da ABI, no terraço, tão frequentado no tempo em que eram jovens escritores, e aonde agora não ia mais ninguém.

Pediram um uísque. O garçom, que já não era o mesmo de antigamente, atendeu-os com indiferença. Foram então direto ao assunto:

— Não pode ser verso.

— Não pode.

— Nem frase feita, que isso já passou de moda.

— Já passou de moda.

— Tem de ser coisa simples e direta.

— Isso. Simples e direta.

— Sem deixar de ser original.

— Sem deixar de ser.

O outro se voltou, irritado:

— Para de me repetir, que diabo.

— Estou apenas concordando com você.

— Então diga também alguma coisa.

— Que é que você quer que eu diga?

— Alguma coisa sua. Dê aí uma sugestão.

— Isso não é assim sem mais nem menos. A gente tem de pensar um pouco.

Ficaram os dois a pensar, cada um para o seu lado, enquanto saboreavam o uísque.

— Você falou aí em frase feita — tornou um deles — e me lembrei da Cedofeita.

— Tudo, menos trocadilho.

— Não é trocadilho — retrucou o outro, agastado: — É o nome da sapataria. Chamava-se assim mesmo, Cedofeita, que é que eu posso fazer?

— Está bem. Que é que tem a sapataria?

O outro recitou, como um locutor de rádio:

— A menor do Rio, e a que mais caro vende!

— A menor? Você quer dizer a melhor.

— Não senhor: a menor mesmo. Preste atenção: a menor, e que mais caro vende. Morou na jogada? É uma espécie de paradoxo. Quer dizer justamente o contrário.

— Uma espécie de paradoxo.

— Agora é você que está me repetindo.

— Estou concordando! Quer dizer justamente o contrário. Bem bolado.

— Pelo menos fez sucesso na época. É coisa do Siqueira. Você se lembra do Siqueira?

— Pode ser de quem for, que isso hoje não pega mais. Temos de sair para outra.

— Eu sei. Estou só falando. Ele costuma vir aqui. Pelo menos vinha todo dia, naquele tempo.

— Naquele tempo a coisa era outra.

— Então vamos tomar mais um. Pode ser que ele ainda venha.

Pediram outro uísque e ficaram calados algum tempo.

44

— Coitado do Siqueira — um deles falou, afinal, como para si mesmo: — Não merecia o fim que teve.

— Que fim que ele teve?

— Ora, você acha pouco ficar de uma agência para outra como ele ficou, passar a vida toda espremendo a cabeça e enchendo a cara para inventar besteira? Nunca escreveu mais nada, acabou velho e bêbado, foi esse o fim que ele teve. E o pior: no olho da rua.

— No olho da rua — repetiu o outro, pensativo: — Tem de ser qualquer coisa com olho.

— Por que da rua?

— Não precisa ser da rua. É só uma sugestão. Pode ser olho de qualquer coisa.

O outro riu:

— Não se esqueça que o colírio é pra conjuntivite.

Seu companheiro se aborreceu:

— Olha que eu não gosto...

— ... de atalaia jurubeba.

— ... de brincadeira dessa espécie. Ou você leva a coisa a sério, ou cada um que se vire por seu lado.

— Desculpe — o outro, conciliador, tentava fazer-se sério: — É que eu não resisti...

— Você parece não se lembrar que nosso emprego depende disso. E não estamos mais em idade de procurar outra agência. Mesmo porque, já passamos por quase todas. Lembre-se do Siqueira.

— Então pede outro uísque aí pra nós.

O garçom serviu-lhes nova dose. Ao fim de algum tempo recomeçaram:

— Só porque você acertou naquele sabonete, fica aí como se estivesse com a vida ganha. Acha que a sua espuma perfumada e abundante vai render até o final dos tempos? Aliás, abundante você sabe bem o que lembra. Não sei como aprovaram.

— Exatamente por isso, meu velho. Não é um sabonete? Serve para o corpo todo. Você é contra, mas trocadilho às vezes funciona. Lembra-se do Bromil?

— Ah, esse sim. Esse, eu não posso deixar de reconhecer: é fora de série.

— Fora de série não: é absolutamente genial. Bromil, o amigo do peito!

— O amigo do peito — o outro repetiu, sacudindo a cabeça.

— Um verdadeiro achado.

— Bonito como um verso do Bandeira.

— Que aliás também andou fazendo os dele: as mulheres do sabonete Araxá...

— Isso mesmo! E aquele, que é imortal: o belo tipo faceiro que o senhor tem a seu lado.

— No entanto acredite...

— ... quase morreu de bronquite...

— ... salvou-o o rum creosotado!

Ambos riram, felizes:

— E você, que disse que verso não valia...

— Mas não esses! Esses são fora de série. Poesia, meu velho. Tudo mais é bobagem. Só que não são do Manuel Bandeira. De quem serão?

— Devem ser do Siqueira. Ele é que acertava uns assim. Se lembra do Siqueira?

— Você já me falou nele hoje, se não me falha a memória.

— Um bom sujeito.

— Um amigo do peito!

Tornaram a rir:

— De ponta a ponta o melhor!

— Bom até a última gota!

— Ai, que eu não posso mais — disse um, segurando a barriga de tanto rir.

— Para, que eu tenho um troço — disse o outro, às gargalhadas, enxugando as lágrimas.

— Então vamos tomar o penúltimo.

Como se isso fosse irresistivelmente engraçado, entregaram-se a novo frouxo de riso. Davam tapinhas um no outro, rindo sem parar. O garçom os olhava de longe, entediado. Só procuraram se conter um pouco quando viram a porta do elevador se abrir para dar entrada a novo freguês, que avançou pelo bar, os passos meio vacilantes. Dispararam a rir de novo:

— Olha só quem está chegando!

E se ergueram, estendendo os braços para acolher o Siqueira.

PAI E FILHO

VIVIA COM O PAI na mesma casa, mas raramente se encontravam. Chegava de madrugada, o velho estava dormindo. O velho saía, deixava o filho dormindo. E assim os dois iam vivendo — o pai se deitando com as galinhas, o filho nunca tendo visto a luz do sol. Um dia, porém, esqueceu-se de fechar a janela ao chegar, e um sol forte de três horas da tarde irrompeu violentamente pelo quarto, inundando tudo de luz. Abriu os olhos, espantado, pulou da cama:

— Socorro! Incêndio! — saiu gritando.

Pai e filho trocavam bilhetes, deixados dentro da compoteira — era o único meio de se entenderem, para a boa ordem da casa:

"Bênção, meu Pai: favor telefonar tinturaria pedindo meu terno."

"Meu filho: Deus te abençoe. Não esqueça deixar dinheiro para o leite."

"Meu Pai, bênção. Leite, que indignidade!", tornava o filho.

E o pai: "Deus te abençoe. Deixa ao menos dinheiro para o terno."

TINHA SAGRADO HORROR ao leite. Um dia, ao examinar a conta de alguns mil cruzeiros na boate de sempre, tropeçou numa novidade:

— "Copedelete, 50 cruzeiros." O que é copedelete?

— Copo de leite — esclareceu o garçom, solícito, iluminando a conta com a lanterninha elétrica.

— COPO DE LEITE?!

Voltou-se, indignado, para os outros à mesa, perguntou a um por um:

— Quem é que tomou copo de leite aqui? Eu não tomei. Você tomou? Você tomou?

De novo para o garçom:

— Ninguém tomou. E a 50 cruzeiros! Isso é um roubo! Cambada de ladrões!

Não podia mais de irritação:

— Quer saber de uma coisa? Copo de leite é a...

Vários protestaram: havia senhoras presentes. Encontrou uma fórmula:

— É aquela senhora que fez aquilo — e rasgou a nota: — Não pago. Vocês vão todos para aquela parte. São todos filhos daquela senhora... Chame o gerente.

Em vão o gerente tentou convencê-lo de que fora um lamentável engano. Mesmo porque, havia muito que os vales dele se acumulavam lá no caixa...

— Pois traga tudo. Vamos acertar isso hoje.

O gerente voltou com uma pilha de vales:

— Aqui está: 12 mil, 300... 12 mil cruzeiros, para arredondar.

— Não arredonda coisa nenhuma. Desconta os copos de leite.

Acabou sugerindo rachar o "prejuízo":

— Olha aí: vales antigos, sem assinatura minha... Todo mundo bebe, na hora debitam na minha conta. Não pago. Copo de leite... A metade ou nada.

O gerente pensou rapidamente: na verdade, tinha pouca esperança de receber tudo aquilo. Salvaria a metade... Acabou concordando, e a uma ordem do freguês, rasgou todos os vales.

— Muito bem — disse ele, e em vez de puxar a carteira, puxou a caneta: — Faça agora um vale de 6 mil cruzeiros, pode incluir a conta de hoje. Menos o copo de leite.

"BÊNÇÃO, MEU PAI. Situação difícil: preciso urgente de 40 mil cruzeiros..."

"Deus o abençoe, meu filho. Dinheiro não é tudo nesta vida. Você já me deve 60... P.S.: tomei a liberdade de usar uma gravata sua."

Marcaram encontro para acertar as finanças da família. Às cinco horas da tarde, num bar da cidade.

— Como vai, meu pai? Aceita um uísque?

— Aceito, obrigado. Como vão as coisas, meu filho?

— Passei lá no Banco. O senhor precisa de 60... Vou lhe pagar.

— Como?! — assustou-se o pai, e engoliu o caroço de uma azeitona.

— Muito simples: eu preciso de 40. Faço uma letra de 100... Só que o senhor tem de ser meu avalista.

— E fica tudo em família...

— Em família — prosseguiu o filho, ordenando outro uísque. — Mas acontece que já tenho lá um papagaio em meu nome, de modo que sugiro isso mesmo, só que ao contrário: o senhor faz a letra, eu avalizo.

— Muito bem — concordou o pai. — Mas, e se não aceitarem seu aval?

— Pensei também nisso. O melhor então é descobrirmos outro avalista. O senhor tem alguma sugestão?

Fizeram a letra e foram vivendo. "Meu filho, você me passou a perna", queixou-se o pai num bilhete. E o filho: "Dinheiro não é tudo nesta vida..." Mas às vezes o surpreendia: "Papai, bênção Amanhã é seu aniversário, me acorde para jantarmos juntos. Deixei uma garrafa de champanhe na geladeira..." Ou então: "Quando cheguei, o senhor estava tossindo muito. Marque uma consulta com o Dr. Argeu." "Não acredito no Dr. Argeu", tornava o pai, e demonstrava também preocupação com o filho: "Desde que sua mãe morreu..." "Esta vida que você leva..." De vez em quando se indignava: "Fui tomar banho e não encontrei toalha. Falta uma mulher nesta casa!" Mas protestou, no dia em que o filho o acordou ao chegar: "Meu pai, estive pensando, estou com vontade de me casar." O pai se sentou na cama: "Casar? A esta hora? Você está bebendo demais, meu filho." "Não é isso, meu pai: é que eu... Tem uma moça aí..." O pai tornou a deitar-se: "Desgraça pouca é bobagem: pode casar, que eu vou morar num hotel."

Não casou, e sua vida começou a desandar. Dera para não dormir! O pai se levantava e o encontrava vestido à mesa do café:

— Já ou ainda? — perguntava.

— Ainda — murmurava o filho, olhos perdidos na toalha da mesa, empurrando com o dedo um farelo de pão. O pai ficava apreensivo:

— Quede a tal moça?

— Ah... — fazia o filho apenas e se erguia da mesa, tornava a sair.

Até que um dia não mais apareceu. Deixara um bilhete, o último bilhete: "Bênção, meu pai. Me perdoe. Adeus."

O pai, desgostoso, mudou-se para um hotel.

A INVENÇÃO DA LARANJA

NEM TODOS SABEM QUE a laranja, fruta cítrica, suculenta e saborosa, foi inventada por um grande industrial americano, cujo nome prefiro calar, mas em circunstâncias que merecem ser contadas.

Começou sendo chupada às dúzias por este senhor, então um simples molecote de fazenda no interior da Califórnia. Com o correr dos anos o molecote virou moleque e o moleque virou homem, passando por todas as fases lírico-vegetativas a que se sujeita uma juventude transcorrida à sombra dos laranjais: apaixonou-se pela filha do dono da fazenda, meteu-se em peripécias amorosas que já inspiraram dois filmes em Hollywood e que culminaram nas indefectíveis flores de laranjeira, até que um dia, para encurtar, viu-se ele próprio casado, com uma filha que outros moleques cobiçavam, e dono absoluto da plantação.

PASSOU A VENDER laranjas. Como, porém, invencível fosse a concorrência de outras fazendas mais prósperas e a sua assim não prosperasse, resolveu um dia dar o grande passo que foi o segredo do sucesso do inventor da Coca-Cola, resumido num sábio conselho que lhe deram: engarrafe-a. Impressionado com essa história, resolveu engarrafar suas laranjas.

Pior foi a emenda que o soneto, no caso a garrafa que a própria casca: depois de empatar todo o seu dinheiro numa moderna e gigantesca aparelhagem de espremer laranjas, que dava conta não só da sua, mas da produção de todos os outros plantadores da região, que passou a comprar, verificou que a garrafa não era o recipiente ideal para o suco assim obtido, não só porque o preço dela não compensasse, mas também e principalmente porque o vidro não preservava devidamente as qualidades naturais do produto em estoque, o qual acabava azedando, com o correr do tempo. Tinha mania da perfeição, o nosso homem, a despeito do gênio já de si um pouco azedo — perfeição essa que, tornada realidade pela eficiência da indústria moderna e possibilitada pelas virtudes alimentícias da própria fruta, levou-o à prosperidade que ele hoje, sem trocadilho, desfruta.

TENDO, POIS, implicado com a garrafa, e disposto a fazer chegar ao consumidor o suco da laranja com todo o cítrico frescor que a fruta diretamente chupada propicia, houve por bem que enlatá-lo seria a solução. Lamentável engano! Cedo percebeu que o produto assim acondicionado apresentava, entre outras desvantagens, a de não dar lucro nenhum. Mas, o que era pior, para que o líquido em conserva não adquirisse, com o correr do tempo, aquele sabor característico dos alimentos enlatados, tornava-se necessário adicionar-lhe alguns ingredientes químicos — o que, evidentemente, ia de encontro à mais específica das virtudes do seu produto, que era a de ser natural.

EXPERIMENTOU ENTÃO as caixinhas de papelão parafinado, sem tampa, mas tão somente com um pequeno orifício, obturado, pelo qual o consumidor introduziria um canudinho, podendo assim beneficiar-se do produto sem que este se expusesse aos efeitos nocivos a que o sujeitam as mudanças de recipiente. Logo verificou, porém, que esta embalagem também apresentava sérias desvantagens, como a da sua fragilidade, quando submetida aos rigores do transporte em grande escala de cidade para cidade.

Depois de tentar sem resultado todas as espécies de receptáculos existentes, desde os de madeira aos de matéria plástica, já começava a desanimar, quando lhe chamou a atenção a quantidade de cascas de laranja que sua fábrica confiava diariamente à eficiência expedita dos lixeiros. Talvez a ideia tenha nascido apenas da necessidade de aliviar o trabalho deles, diminuindo o lixo e aumentando o lucro — o certo é que se pôs a cismar numa forma de aproveitar tamanha quantidade de cascas (sabia, por experiência, que ao consumidor desagradavam as laranjas espremidas com casca) quando tal cisma se ligou à outra, antiga, relativa ao recipiente — e a ideia nasceu. Então imaginou, encomendou e mandou instalar uma aparelhagem completamente nova, destinada a extrair apenas o miolo da laranja através de um orifício, sem inutilizar-lhe a casca. Em pouco apareciam no mercado as primeiras laranjas contendo no seu interior o suco já espremido.

A IDEIA NÃO FOI avante. Para que a casca, assim transformada em recipiente, não murchasse em poucos dias, tornava-se necessário um beneficiamento artificial extremamente dispendioso, que garantisse o permanente frescor do caldo como só a película natural dos gomos até então fora capaz. Eis que o nosso grande industrial descobre repentinamente que o suco, para se manter fresco e natural, deverá ser conservado no interior dos próprios gomos, inventando assim o melhor acondicionamento que jamais tivera a ventura de imaginar para o seu produto. Com a grande vantagem, entre tantas outras, de poder ir diretamente da árvore ao consumidor, o que assegurava um mínimo de trabalho e um máximo de rendimento.

Deslumbrado com sua invenção, correu à repartição pública mais próxima e encaminhou um pedido de patente. Tempos mais tarde, vendeu-a juntamente com sua aparelhagem e seus laranjais a um próspero fazendeiro da vizinhança, mudou-se para Nova York e com o dinheiro comprou um rico apartamento em Park Avenue, onde, dizem, vive muito feliz, chupando laranja o dia todo.

O HOMEM NU

A O ACORDAR, DISSE para a mulher:
— Escuta, minha filha: hoje é dia de pagar a prestação da televisão, vem aí o sujeito com a conta, na certa. Mas acontece que ontem eu não trouxe dinheiro da cidade, estou a nenhum.

— Explique isso ao homem — ponderou a mulher.

— Não gosto dessas coisas. Dá um ar de vigarice, gosto de cumprir rigorosamente as minhas obrigações. Escuta: quando ele vier a gente fica quieto aqui dentro, não faz barulho, para ele pensar que não tem ninguém. Deixa ele bater até cansar — amanhã eu pago.

Pouco depois, tendo despido o pijama, dirigiu-se ao banheiro para tomar um banho, mas a mulher já se trancara lá dentro. Enquanto esperava, resolveu fazer um café. Pôs a água a ferver e abriu a porta de serviço para apanhar o pão. Como estivesse completamente nu, olhou com cautela para um lado e para o outro antes de arriscar-se a dar dois passos até o embrulhinho deixado pelo padeiro sobre o mármore do parapeito. Ainda era muito cedo, não poderia aparecer ninguém. Mal seus dedos, porém, tocavam o pão, a porta atrás de si fechou-se com estrondo, impulsionada pelo vento.

Aterrorizado, precipitou-se até a campainha e, depois de tocá-la, ficou à espera, olhando ansiosamente ao redor. Ouviu lá dentro o ruído da água do chuveiro interromper-se de súbito, mas ninguém veio abrir. Na certa a mulher pensava que já era o sujeito da televisão. Bateu com o nó dos dedos:

— Maria! Abre aí, Maria. Sou eu — chamou, em voz baixa.

Quanto mais batia, mais silêncio fazia lá dentro.

Enquanto isso, ouvia lá embaixo a porta do elevador fechar-se, viu o ponteiro subir lentamente os andares... Desta vez, *era* o homem da televisão!

Não era. Refugiado no lanço de escada entre os andares, esperou que o elevador passasse, e voltou para a porta de seu apartamento, sempre a segurar nas mãos nervosas o embrulho de pão:

— Maria, por favor! Sou eu!

Desta vez não teve tempo de insistir: ouviu passos na escada, lentos, regulares, vindos lá de baixo... Tomado de pânico, olhou ao redor, fazendo uma pirueta, e assim despido, embrulho na mão, parecia executar um *ballet* grotesco e mal ensaiado. Os passos na escada se aproximavam, e ele sem onde se esconder. Correu para o elevador, apertou o botão. Foi o tempo de abrir a porta e entrar, e a empregada passava, vagarosa, encetando a subida de mais um lanço de escada. Ele respirou aliviado, enxugando o suor da testa com o embrulho do pão. Mas eis que a porta interna do elevador se fecha e ele começa a descer.

— Ah, isso é que não! — fez o homem nu, sobressaltado.

E agora? Alguém lá embaixo abriria a porta do elevador e daria com ele ali, em pelo, podia mesmo ser algum vizinho conhecido... Percebeu, desorientado, que estava sendo levado cada vez para mais longe de seu apartamento, começava a viver um verdadeiro pesadelo de Kafka, instaurava-se naquele momento o mais autêntico e desvairado Regime do Terror!

— Isso é que não — repetiu, furioso.

Agarrou-se à porta do elevador e abriu-a com força entre os andares, obrigando-o a parar. Respirou fundo, fechando os olhos, para ter a momentânea ilusão de que sonhava. Depois experimentou apertar o botão de seu andar. Lá embaixo continuavam a chamar o elevador. Antes de mais nada: "Emergência: parar." Muito bem. E agora? Iria subir ou descer? Com cautela desligou a parada de emergência, largou a porta, enquanto insistia em fazer o elevador subir. O elevador subiu.

— Maria! Abre esta porta! — gritava, desta vez esmurrando a porta, já sem nenhuma cautela. Ouviu que outra porta se abria atrás de si. Voltou-se, acuado, apoiando o traseiro no batente e tentando inutilmente cobrir-se com o embrulho de pão. Era a velha do apartamento vizinho.

— Bom-dia, minha senhora — disse ele, confuso. — Imagine que eu...

A velha, estarrecida, atirou os braços para cima, soltou um grito:

— Valha-me Deus! O padeiro está nu!

E correu ao telefone para chamar a radiopatrulha:

— Tem um homem pelado aqui na porta!

Outros vizinhos, ouvindo a gritaria, vieram ver o que se passava:

— É um tarado!

— Olha, que horror!

— Não olha não! Já pra dentro, minha filha!

Maria, a esposa do infeliz, abriu finalmente a porta para ver o que era. Ele entrou como um foguete e vestiu-se precipitadamente, sem nem se lembrar do banho. Poucos minutos depois, restabelecida a calma lá fora, bateram na porta.

— Deve ser a polícia — disse ele, ainda ofegante, indo abrir.

Não era: era o cobrador da televisão.

PASSEIO

— AONDE vamos, papai?

Seguiam devagar, de mãos dadas, em direção ao túnel. Ele olhou em redor, desorientado.

— Dar um passeio... Vamos passar pelo túnel — resolveu.

— A pé, você já passou pelo túnel a pé?

— Não — disse a menina, extasiada. Num passeio com o pai, tudo era motivo de prazer. — A gente pode?

— Pode. Tem um lugar do lado que é para a gente passar.

— De que é feito o túnel, papai?

De que era feito o túnel? Essa era uma pergunta meio tola. Tinha 8 anos e parecia inteligente... O túnel era um buraco na montanha, não era feito de nada.

— Ah...

De repente, porém, ela o surpreendeu:

— Túnel deprime muito a gente.

— Deprime? Com quem você aprendeu isso?

— Com mamãe: nós duas andamos muito deprimidas.

Positivamente, a mulher deveria ter mais cuidado com o que falava. O que seria daquela menina, sem ele perto, para... para...

— E por que vocês andam deprimidas?

— Não sei: acho que é porque não temos vontade de comer.

Era preciso falar — e falar com jeito, sem escandalizar a menina, assustá-la para a vida. Não dê motivo fútil — era o que recomendavam. O que uma menina de 8 anos entenderia por motivo fútil?

— Você já está mocinha — tentou, desajeitadamente, e não soube continuar.

— Aonde nós vamos, papai?

Saíram do túnel. O melhor era procurar um lugar calmo, sossegado. Uma confeitaria, talvez.

— Você quer tomar um sorvete?

— Mamãe disse que está muito frio.

— Não tem importância — disse ele apressadamente: — Vamos tomar um sorvete.

Satisfeitos ambos com a resolução, entraram num ônibus e saltaram à porta da confeitaria. Ela se deteve junto à vitrine:

— Olha, papai, que bonito.

Era uma horrorosa caixa de bombons em forma de coração.

— Dou de presente, você quer? — e puxou-a pelo braço, em direção à entrada. Dar-lhe-ia tudo que quisesse, como a comprar sua simpatia para o que tinha a dizer.

— Mamãe falou que não posso comer bombom senão não janto.

— Hoje você pode, sim.

A mãe também estava exagerando, oprimindo a menina. Não tinha nada demais comer um bombom de vez em quando. E aquele dia não era um dia comum — pensou, sem perceber que violentava as regras intransigentes de educação da filha que ele próprio firmara e que a mulher agora não fazia senão obedecer. Oprimindo a menina. Nós duas andamos muito deprimidas.

Pessoas entravam e saíam da confeitaria, movimentada àquela hora da tarde. Moças e rapazes esperavam mesa, conversando em grupos, alguns olharam aquele homem tímido, meio curvado, que entrava com uma menina pela mão. Sentiu-se constrangido no ambiente elegante da confeitaria, sentiu-se velho entre aqueles rapazes de suéter e aquelas moças de calça comprida, como rapazes. Em dez anos a filha estaria assim. Dez anos passam depressa. Dez anos haviam passado.

— Aqui não tem lugar — disse ele, contendo a menina. — Vamos ali para o fundo.

Passaram ao outro lado da confeitaria, de aspecto mais humilde.

— Aqui tem sorvete também. Não está bom?

A menina sacudiu a cabeça submissa:

— Lá na frente era melhor...

— Lá na frente não tem lugar.

— Mas aqui não tem bombom.

— Ah, me esqueci de sua caixa de bombons! Espere aí que eu vou buscar.

Sentou-se a uma das mesas e ordenou ao garçom:

— Traga um sorvete para esta menina. Que sorvete você quer, minha filha? De coco? Chocolate?

— *Milk shake* — disse ela, com displicência, o garçom logo a entendeu. O pai olhou-a espantado:

— Que é que você pediu?

— *Milk shake*. Venho aqui sempre com mamãe e ela pede *milk shake*.

— Então espera aí direitinho que vou buscar seus bombons, volto já.

Passou à outra parte da confeitaria, dirigiu-se ao balcão:

— Quero aquela caixa de bombons que está ali na vitrine, aquela feia, em forma de coração.

De longe avistou a filha, perninhas dependuradas, a chupar o canudo do refresco, olhos vagos, distraídos, inconstantes — os olhos da mãe.

— Demorei? — e sentou-se ao lado dela.

— Fiquei com medo de você ir embora.

— Então eu ia fazer uma coisa dessas, minha filha, ir embora?

A menina apontou a mesa com os olhos, sem abandonar a palha do refresco:

— Pedi um *milk shake* para você.

Ele se ajeitou na cadeira e acendeu um cigarro. Chegara o momento — como começar?

— Você sentiu saudade do papai?

— Não, porque você demorou pouco. Comprou?

— Comprei, olha aqui — e exibiu-lhe o embrulho.

— Vou levar para mamãe — resolveu ela, subitamente inspirada. — Pode?

— Pode — e ele passou a mão pelo rosto, desconcertado. — Um presente seu para ela.

— Meu, não: seu — fez a menina, como a experimentá-lo. Não respondeu. Ela voltara a chupar o canudo de palha, agora soprava para dentro do copo, fazendo espuma no refresco.

— Eu pergunto se você sentiu saudade de mim não foi agora não, foi quando estive viajando.

— Você esteve viajando mesmo?

Meu Deus, como começar? Era preciso começar, já se fazia tarde, o refresco se acabava, em pouco tinha de levá-la de volta para a mãe. Estivera viajando sim, por que haveria de mentir?

— E chegou assim, sem mala, sem nada?

— É porque eu cheguei... Isto é... Olha aqui, toma este outro também, papai não está com vontade — e passou-lhe o copo.

— Assim não janto e mamãe zanga — disse ela, indecisa, a boca a meio caminho do segundo refresco.

— Não tem importância. Diga que fui eu.

Não tinha importância — o importante era dizer, contar tudo, escandalizar, violentar a inocência da menina. Assim recomendavam todos hoje em dia: as crianças devem saber tudo, porque senão inventam por conta própria, e é pior. O que não é capaz de inventar uma criança? Antigamente na escola, entre as amigas, a criança se sentia a única, mas hoje em dia podia-se dizer que era a regra, tantos casais separados! E sacudiam a cabeça, convictos: sobretudo não dê motivo fútil.

— Escuta, minha filha, você é uma mocinha, já deve saber as coisas.

Voltava à fórmula da mocinha. Agora era continuar, custasse o que custasse. Daria tudo para não viver jamais aquele instante. Pensou se não seria bom tomar antes um conhaque.

— Estive viajando sim, mas não é só por isso que não estou morando mais com você. Agora, por exemplo, já cheguei e não vou dormir lá em casa.

— Onde é que você vai dormir?

— Noutro lugar — respondeu ele, evasivo: não pensava em dizer onde estava morando, ela poderia querer ir com ele.

— E quem é que vai dormir com a mamãe?

A pergunta apanhou-o desprevenido, sentiu-se jogado de súbito naquela atmosfera de ansiedade que precedera a separação.

— Me diga uma coisa, filhinha — ele não resistia, e se inclinava, ansioso, sobre a mesa, segurando a mão da filha: —

Você disse que vem aqui sempre com sua mãe... Sozinha? Não vem ninguém mais com vocês?

A menina limitou-se a negar com a cabeça, sempre tomando o refresco.

— E lá em casa? Tem ido alguém visitar mamãe?

Desta vez ela sacudiu a cabeça afirmativamente.

— Quem?

Desgarrou os lábios da palha já amassada para responder.

— Vovó.

Ele chamou o garçom e pediu um conhaque. Voltou a acomodar-se na cadeira, perturbado. Não interessava! Tudo acabado para sempre. Agora restava contar para a filha:

— Sabe, filhinha, você já é uma... Bem, isso eu já disse. Quero dizer o seguinte: você sabe que papai gosta muito de sua mãe...

Antes de mais nada, deixar bem a mãe: era o que também aconselhavam. Tomou de uma só vez o conhaque e prosseguiu:

— Sua mãe é muito boa, sabe? Muito boa mesmo, gosta muito de você, você deve ser muito obediente e boazinha para ela.

Não, não era isso. Precisava dizer logo, ou não diria nunca:

— Papai gosta dela e ela de papai. Mas acontece, sabe? que ela é muito diferente do papai, gosta de uma coisa, papai de outra...

Motivo fútil. O que não seria motivo fútil?

— Bem, eu e sua mãe gostamos muito um do outro mas eu andava muito cansado, trabalhando o dia todo, sua mãe muito nervosa, nós vivíamos discutindo... brigando...

— Se gostam, por que é que brigam?

Foi a única vez que a menina o interrompeu. Dali por diante ficou calada, olhando para outro lado, e ele prosseguiu como pôde, dizendo: ela não tinha uma amiguinha no colégio? não gostavam uma da outra? e de vez em quando não brigavam? Pois então? Com eles também era assim. E para viver junto era preciso não brigar nunca, era preciso ser muito bom um para o outro, era preciso...

— Minha filha, você não está me escutando.

— Estou sim, papai...

A menina terminara o refresco e agora riscava distraidamente a mesa com a palha umedecida.

— Que é que estou dizendo?

Ela voltou-se para ele:

— Está dizendo que você e mamãe vão separar.

Ele respirou fundo, num misto de angústia e alívio:

— Mas eu vou visitar vocês sempre...

— Eu sei.

— Posso levar você para passear.

— Sei.

— Posso... Posso...

Ela se levantou, puxando-o pela mão:

— Papai, me leva embora que já está ficando tarde.

— Minha filha — disse ele, confuso e comovido, e não resistiu, tomou-a no colo, abraçou-a com força, enquanto lágrimas lhe enchiam os olhos. Quis falar e as palavras se prenderam num engasgo. Um casal sentado ao fundo da confeitaria, mãos dadas sobre a mesa, voltou-se curiosamente para vê-lo. Ele depositou a menina no chão, sem que ela oferecesse resistência. Chamou o garçom, pagou, reteve a filha:

— Olha, você está esquecendo os bombons.

Saíram, e a menina o conduzia pela mão, como a um cego.

PELA PORTA DA FRENTE

DEIXOU O ESCRITÓRIO mais cedo, e antes de ir para casa, ordenou ao motorista que o levasse à Receita Federal, no cais do porto. Queria verificar como ia navegando nos mares burocráticos um processo de seu interesse. O motorista estacionou o carro por ali mesmo e ficou a esperá-lo.

Jovem executivo, de posição proeminente na empresa, por isso mesmo costumava receber de vez em quando uns agrados. Naquela manhã ganhara de um cliente uma caixa de uísque escocês. Presente respeitável — tão respeitável que mandou logo levá-la para o carro, recomendando que a pusessem no banco de trás.

— Que caixa é essa aí atrás?

Era um guarda da alfândega debruçado à janela do carro.

— Uísque — informou o motorista candidamente.

— Para quê?

— Para beber, acho.

— Ah, para beber, você acha — o guarda sacudiu a cabeça, irônico: — Posso saber de quem é? Seu?

— Meu? Quem me dera, seu guarda. É do doutor.

— E que é que ele está fazendo aí?

— Quem? O doutor?

— O uísque.

— O doutor é que mandou botar no carro.

— Quede o doutor?

— Tá lá dentro.

— Então vamos até lá dentro. Traz a caixa.

O motorista estranhou a ordem do guarda de ir lá dentro e levar a caixa. Mas guarda é guarda e ordem é ordem: foi com ele e levou a caixa.

— Pode deixar aí — disse o guarda, quando chegaram ao saguão: — A mercadoria está apreendida. E você está preso.

— Preso, eu? — o motorista recuou, estarrecido: — Que é que eu fiz?

— Não foge não — e o guarda o segurou pelo braço.

— Me larga que eu não vou fugir. Que é que eu fiz para você me prender?

— Contrabando. Acha pouco? Marcou bobeira, dançou. E você, não: *senhor*. Mais respeito com a autoridade.

Desesperado, o motorista se limitava a repetir:

— Que é que eu fiz? Que é que eu fiz?

— Então prova que não é contrabando: está selado? Tem nota fiscal?

— Mas isso não é coisa minha, é do doutor!

— E quede o doutor?

O doutor foi localizado no gabinete de um chefe de seção. Da portaria o motorista ligou para ele:

— Entramos numa fria, doutor. Está havendo um bode aqui embaixo.

— Um bode?

Foi até lá e encontrou o motorista no saguão, o guarda ali rente. E a caixa de uísque no chão, entre os dois.

— Olha aí, doutor, o que o senhor foi me arranjar. Me tira dessa.

— Por que diabo você trouxe essa caixa para cá?

— Foi o guarda que mandou. Que é que eu havia de fazer? Agora diz que eu estou preso.

— A gente dá um jeito nisso.

Vários curiosos já se juntavam, divertidos com a situação, os sádicos. Entre eles um fiscal — este com ar truculento:

— Acho que não vai ter jeito não, doutor. O guarda tá certo. Daqui não deve sair nem a mercadoria nem o infrator.

— Que infrator? — indignou-se ele: — Está me achando com cara de contrabandista?

O fiscal se intimidou um pouco, mas não deu o braço a torcer:

— Ué, doutor, a muamba sendo sua...

Resolveu apelar para o chefe de seção seu conhecido, a quem viera procurar. O homem tomou conhecimento do caso e, assombrado, fez questão de descer ao saguão para ver com seus próprios olhos:

— Tenho mais de 30 anos de alfândega e é a primeira vez que vejo contrabando entrar de marcha à ré, pela porta da frente.

E se declarou incompetente para resolver o caso. Só apelando para o seu chefe.

Foram ver o chefe do chefe. Este, um inspetor mais graduado, ponderou que o caso era grave:

— O senhor afirma então que o uísque foi ganho, não foi comprado.

— Foi ganho. Hoje mesmo, de manhã.

— De quem?

— De um amigo. Não vou denunciá-lo.

— Mas admite que não tinha selo.

— Isso qualquer um pode ver, é só olhar. Como fez o guarda.

— Como é que o senhor aceita uma mercadoria sem selo e sem nota fiscal?

Ele não pôde deixar de rir:

— Tinha graça: para receber o presente, eu exigir que tivesse selo e nota fiscal.

— Era o que devia ter feito — tornou o inspetor gravemente: — Sem dúvida alguma.

E repetia, sacudindo a cabeça para dar mais ênfase:

— Sem dúvida alguma. Sem dúvida alguma.

Mas dúvida devia haver, e muita, pois o inspetor vacilava, andando de um lado para outro:

— Que é que o senhor quer que eu faça? Não posso fechar os olhos, minha consciência não permite.

Por um momento ocorreu ao dono do uísque que a consciência do homem talvez aguardasse de sua parte uma sugestão em moeda corrente. Mas o inspetor logo acrescentou, ficando automaticamente afastada a hipótese:

— Além do mais, tem o guarda. Não posso desautorá-lo.

O máximo que poderia fazer, concluiu, era relaxar a prisão dos dois, ele e o seu motorista, deixar que se fossem, não encaminhá-los à Polícia Federal.

— Mas o uísque fica.

E o inspetor limpou a garganta, emprestando respeitabilidade à sua decisão:

— A mercadoria está apreendida. Vou mandar lavrar o auto de apreensão, faço questão que o senhor testemunhe, para não haver dúvida.

Mas ele não queria testemunhar nada, queria livrar-se logo daquilo. Escusou-se delicadamente, pedindo para se retirar, já estava atrasado. E foi-se embora com o motorista. O uísque ficou lá.

TELEVISÃO PARA DOIS

AO CHEGAR, ELE VIA uma luz que se coava por baixo da porta para o corredor às escuras. Era enfiar a chave na fechadura e a luz se apagava. Na sala, punha a mão na televisão, só para se certificar: quente, como desconfiava. Às vezes ainda pressentia movimento na cozinha:

— Etelvina, é você?

A preta aparecia, esfregando os olhos:

— Ouvi o senhor chegar... Quer um cafezinho?

Um dia ele abriu o jogo:

— Se você quiser ver televisão quando eu não estou em casa, pode ver à vontade.

— Não precisa não, doutor. Não gosto de televisão.

— E eu muito menos.

Solteirão, morando sozinho, pouco parava em casa. A pobre da cozinheira metida lá no seu quarto o dia inteiro, sozinha também, sem ter muito que fazer...

Mas a verdade é que ele curtia o seu futebolzinho aos domingos, o noticiário todas as noites e mesmo um ou outro capítulo da novela, "só para fazer sono", como costumava dizer:

— Tenho horror de televisão.

Um dia Etelvina acabou concordando:

— Já que o senhor não se incomoda...

Não sabia que ia se arrepender tão cedo: ao chegar da rua, a luz azulada sob a porta já não se apagava quando introduzia a chave na fechadura. A princípio ela ainda se erguia da ponta do sofá onde ousava se sentar muito ereta:

— Quer que eu desligue, doutor?

Com o tempo, ela foi deixando de se incomodar quando o patrão entrava, mal percebia a sua chegada. E ele ia se refugiar no quarto, a que se reduzira seu espaço útil dentro de casa. Se precisava vir até a sala para apanhar um livro, mal ousava acender a luz:

— Com licença...

Nem ao menos tinha mais liberdade de circular pelo apartamento em trajes menores, que era o que lhe restava de comodidade, na solidão em que vivia: a cozinheira lá na sala a noite toda, olhos pregados na televisão. Pouco a pouco ela se punha cada vez mais à vontade, já derreada no sofá, e se dando mesmo ao direito de só servir o jantar depois da novela das oito. Às vezes ele vinha para casa mais cedo, especialmente para ver determinado programa que lhe haviam recomendado, ficava sem jeito de estar ali olhando ao lado dela, sentados os dois como amiguinhos. Muito menos ousaria perturbá-la, mudando o canal, se o que lhe interessava estivesse sendo mostrado em outra estação.

A solução do problema lhe surgiu um dia, quando alguém, muito espantado que ele não tivesse televisão a cores, sugeriu-lhe que comprasse uma:

— Etelvina, pode levar essa televisão lá para o seu quarto, que hoje vai chegar outra para mim.

— Não precisava, doutor — disse ela, mostrando os dentes, toda feliz.

Ele passou a ver tranquilamente o que quisesse na sua sala, a cores, e, o que era melhor, de cuecas — quando não inteiramente nu, se bem o desejasse.

Até que uma noite teve a surpresa de ver a luz por debaixo da porta, ao chegar. Nem bem entrara e já não havia ninguém na sala, como antes — a televisão ainda quente. Foi à cozinha a pretexto de beber um copo d'água, esticou um olho lá para o quarto na área: a luz azulada, Etelvina entretida com a televisão certamente recém-ligada.

— Não pensa que me engana, minha velha — resmungou ele.

Aquilo se repetiu algumas vezes, antes que ele resolvesse acabar com o abuso: afinal, ela já tinha a dela, que diabo. Entrou uma noite de supetão e flagrou a cozinheira às gargalhadas com um programa humorístico.

— Qual é, Etelvina? A sua quebrou?

Ela não teve jeito senão confessar, com um sorriso encabulado:

— Colorido é tão mais bonito...

Desde então a dúvida se instalou no seu espírito: não sabe se despede a empregada, se lhe confia o novo aparelho e traz de volta para a sala o antigo, se deixa que ela assista a seu lado aos programas a cores.

O que significa praticamente casar-se com ela, pois, segundo a mais nova concepção de casamento, a verdadeira felicidade conjugal consiste em ver televisão a dois.

CEDO PARA JANTAR

— AINDA É CEDO PARA o jantar, vamos tomar qualquer coisa — sugeriu o dono da casa.

O casal visitante aquiesceu e a mulher foi providenciar a bebida. Em pouco sairiam para jantar numa boate. Os dois homens passaram à varanda, sob a alegação de que era mais fresco. Cada um com seu copo de uísque, começaram logo, baixinho, a trocar anedotas, entre risadas. As duas mulheres, que não tinham tanta intimidade e não gostavam de beber, ficaram na sala olhando uma para a outra e limitando-se a repisar a velha conversa sobre crianças e empregadas.

A certa altura uma delas veio até a varanda:

— Vocês não acham que já está na hora?

O dono da casa concordou, enquanto servia para ambos mais uma dose:

— Vamos tomar mais unzinho só.

Esta foi a única interrupção que tiveram, durante o resto da noite. Dali por diante, não se sabe que assunto as duas mulheres descobriram, o certo é que lá ficaram na sala, também falando baixo e aos risinhos, enquanto os maridos bebiam.

O dono da casa só teve a incômoda consciência de que já deviam ter saído quando passou pela sala numa surtida ao banheiro: viu sua mulher cabeceando de sono enquanto a outra, pelo tom de voz e pela gesticulação, devia estar contando a longa e tormentosa história de sua vida. Mas afogou o conhecimento da situação em mais uma dose, de volta à varanda:

— Como eu ia dizendo...

O amigo aceitou de bom grado o reinício da conversa, já prelibando numa gargalhada o que o outro ia dizer. O outro então disse, e ele retrucou uma resposta mais engraçada ainda, ambos riam. Em verdade o que diziam já não fazia sentido algum, e eles apenas exerciam em santa paz o sagrado direito de conviver. A certa altura um perguntou ao outro se já não estaria na hora de saírem para jantar.

— Daqui a pouquinho. Vocês chegaram às oito horas.

— Oito e meia.

— Pois então? Devem ser umas dez.

— Mais.

— E daí? Dez e pouco. Tem tempo. Você está com fome?

— Nem um pouco. Você?

— Eu confesso que tomaria mais um.

— Pois vamos tomar mais um último e saímos.

Tomaram mais quatro, depois de tirar o paletó e afrouxar a gravata. Descobriram assunto novo e o exploraram, a língua um pouco grossa, mas as palavras perfeitamente inteligíveis. De súbito, porém, o visitante começou a sentir um calor na nuca — voltou-se, espantado, olhando para fora, viu um clarão nascendo do mar.

— O que é aquilo? O mar está pegando fogo.

O outro fez-lhe ver, às gargalhadas, que era simplesmente o sol:

— O astro rei, sua besta.

— Não é possível.

Ergueu-se, e só então percebeu que estava completamente bêbado. Vacilou sobre as pernas e caiu ao chão. O outro veio em sua ajuda, acabou caindo também. Resolveram ignorar discretamente a queda, mastigando umas desculpas sobre a perda de equilíbrio e a lei da gravidade.

— Acho que já está na hora de jantarmos — sugeriu um.

— É isso mesmo: está na hora. Podemos ir. Onde estão elas?

Na sala, deram com as mulheres adormecidas no sofá, cada uma para o seu lado.

— Vamos, gente? Está na hora de jantar.

Saíram à rua com o dia claro, foram andando pela praia em passos trôpegos, amparados nas esposas, em demanda de um lugar onde pudessem comer. As esposas nada diziam.

— Tem um botequim que fica aberto a noite toda.

Foram ao tal botequim, encomendaram o que havia: filé com fritas. As esposas nada diziam.

O garçom é que estranhava a presença, naquela espelunca, de mulheres tão elegantes, como guardiãs de dois bêbados.

— Eu tomaria uma cervejinha — disse um deles.

Foram suas últimas palavras. Sentiu as pálpebras caírem sobre os olhos, a cabeça reclinar sobre o peito... Acordou com um tapalhão na nuca:

— Você não vai comer?

Abriu os olhos e viu a esposa, impassível, mão estendida, apontando o prato. À sua frente o amigo adormecido, de bruços na mesa, descansara o rosto sobre o próprio bife, como num macio travesseiro. As mulheres aguardavam, solenes e eretas como duas esfinges:

— Que foi que aconteceu?

— Nada — disse uma delas, finalmente, chamando o garçom e pagando a conta. — Ainda vai acontecer.

O MELHOR AMIGO

A MÃE ESTAVA NA SALA, costurando. O menino abriu a porta da rua, meio ressabiado, arriscou um passo para dentro e mediu cautelosamente a distância. Como a mãe não se voltasse para vê-lo, deu uma corridinha em direção a seu quarto.

— Meu filho? — gritou ela.

— O que é — respondeu com o ar mais natural que lhe foi possível.

— Que é que você está carregando aí?

Como podia ter visto alguma coisa, se nem levantara a cabeça? Sentindo-se perdido, tentou ainda ganhar tempo:

— Eu? Nada...

— Está sim. Você entrou carregando uma coisa.

Pronto: estava descoberto. Não adiantava negar — o jeito era procurar comovê-la. Veio caminhando desconsolado até a sala, mostrou à mãe o que estava carregando:

— Olha aí, mamãe: é um filhote...

Seus olhos súplices aguardavam a decisão.

— Um filhote? Onde é que você arranjou isso?

— Achei na rua. Tão bonitinho, não é, mamãe?

Sabia que não adiantava: ela já chamava o filhote de *isso.* Insistiu ainda:

— Deve estar com fome, olha só a carinha que ele faz.

— Trate de levar embora esse cachorro agora mesmo!

— Ah, mamãe... — já compondo uma cara de choro.

— Tem dez minutos para botar esse bicho na rua. Já disse que não quero animais aqui em casa. Tanta coisa para cuidar, Deus me livre de ainda inventar uma amolação dessas.

O menino tentou enxugar uma lágrima, não havia lágrima. Voltou para o quarto, emburrado: a gente também não tem nenhum direito nesta casa — pensava. Um dia ainda faço um estrago louco. Meu único amigo, enxotado desta maneira!

— Que diabo também, nesta casa tudo é proibido! — gritou, lá do quarto, e ficou esperando a reação da mãe.

— Dez minutos — repetiu ela, com firmeza.

— Todo mundo tem cachorro, só eu que não tenho.

— Você não é todo mundo.

— Também, de hoje em diante eu não estudo mais, não vou mais ao colégio, não faço mais nada.

— Veremos — limitou-se a mãe, de novo distraída com a sua costura.

— A senhora é ruim mesmo, não tem coração.

— Sua alma, sua palma.

Conhecia bem a mãe, sabia que não haveria apelo: tinha dez minutos para brincar com seu novo amigo, e depois... Ao fim de dez minutos, a voz da mãe, inexorável:

— Vamos, chega! Leve esse cachorro embora.

— Ah, mamãe, deixa! — choramingou ainda: — Meu melhor amigo, não tenho mais ninguém nesta vida.

— E eu? Que bobagem é essa, você não tem sua mãe?

— Mãe e cachorro não é a mesma coisa.

— Deixa de conversa: obedece sua mãe.

Ele saiu, e seus olhos prometiam vingança. A mãe chegou a se preocupar: meninos nessa idade, uma injustiça praticada e eles perdem a cabeça, um recalque, complexos, essa coisa toda...

Meia hora depois, o menino voltava da rua, radiante:

— Pronto, mamãe!

E lhe exibia uma nota de 20 e uma de 10: havia vendido o seu melhor amigo por 30 dinheiros.

— Eu devia ter pedido 50, tenho certeza de que ele dava — murmurou, pensativo.

VIAJANDO COM MAMÃE

COMO O AVIÃO parecia estar praticamente lotado, ela sentou-se no primeiro lugar que encontrou, deixando vago outro, que a separava do passageiro junto à janela. Este a cumprimentou com familiaridade e informou:

— Estou indo com mamãe para Porto Alegre.

Já o conhecia de vista em Brasília, onde ambos moravam: era um jovem decorador, frequentemente citado nas colunas sociais. Sendo ela pessoa também conhecida, esposa de diplomata, era natural que ele a cumprimentasse. A perspectiva de uma conversa durante todo o voo até Porto Alegre é que não lhe parecia das mais animadoras. E tinha a mãe dele, que ainda não embarcara e ficaria entre os dois. Ou então estava no banheiro — hipótese mais provável, pois a porta do avião já ia sendo fechada.

Seguiam para a pista de decolagem. Ela estranhou que seu companheiro de viagem olhasse distraído pela janela, aparentemente esquecido da mãe. Que nunca mais voltava do banheiro — será que levantariam voo com ela lá dentro?

Já em pleno ar, ele se voltou com um sorriso de quem está pronto para conversar sobre qualquer assunto. Mas ela não o deixou começar:

— A sua mãe... — e olhava, intrigada, para a porta do banheiro, que nunca mais se abria.

Ele ergueu os ombros com ar resignado:

— Pois é isso... Que se há de fazer?

— Ela não estará se sentindo mal ali dentro?

— Ali dentro onde?

— No banheiro.

Ele deu uma risada:

— Que ideia! Mamãe não está ali no banheiro.

Agora quem riu foi ela:

— Não me havia ocorrido que sua mãe podia estar sentada noutro lugar. Pensei que estivesse no banheiro.

Ele a olhava com ar ainda sorridente:

— Também não está sentada noutro lugar.

— Não chegou a embarcar?

— Embarcou.

— Me desculpe, mas onde está ela, então?

— Adivinhe.

— Não sei... na cabine do piloto?

— Não.

— Onde, então?

— No porão.

— No porão? Sua mãe está viajando no porão?

— Está. Mas não sentada feito nós. Deitadinha no caixão dela. Mamãe morreu ontem.

Estarrecida, ela o olhava sem saber o que dizer:

— Meus sentimentos — gaguejou, afinal. — Me desculpe, eu não sabia...

— Não precisa se desculpar. Morreu de repente, pouca gente ficou sabendo.

A naturalidade dele, que era de assombrar, acabou contagiante. Mais calma, ela quis saber de que a mãe havia morrido.

— Sei lá — ele fez um gesto evasivo: — Embolia cerebral, acho. Ou coisa parecida. Já estava meio caduca. Deu um troço nela, e pá! morreu.

Soltou o cinto de segurança e ajeitou-se na poltrona, voltando-se para ela:

— Logo a parentada de Porto Alegre, toda assanhada, assim que ficou sabendo, cismou que ela tinha de ser enterrada lá. E você sabe como é gaúcho, quando enfia alguma coisa na cabeça. O abacaxi sobrou para mim, que sou filho único. Hoje mesmo tive de providenciar tudo e lá vou eu levando mamãe para o enterro.

Ela se limitava a escutar, abismada. Ele prosseguia, gestos amaneirados e voz afetada:

— Vai ser hoje às cinco horas. Ainda bem que hoje mesmo vai ter um baile à fantasia lá que é um barato, já ouviu falar? O Baile das Mariposas. Vem gente de tudo quanto é lugar: Pelotas, Campinas, São Paulo, Rio, até Buenos Aires. Eu não posso perder: já bolei a minha fantasia, uma graça, não te conto nada. Espero que não surja nenhuma complicação com mamãe, como aconteceu em Brasília.

— Que foi que aconteceu em Brasília? — ela quis saber, num misto de curiosidade e horror.

— Ah, minha filha, se eu contar, você não acredita — e ele revirou as mãos no ar para dar mais ênfase: — Criaram o maior caso para embarcar mamãe. Queriam que o caixão fosse de chumbo, imagine. De chumbo ou forrado de chumbo, sei lá. O dela é forrado de cetim e do mais fino, para ninguém botar defeito, eu mesmo escolhi. Pois na hora do embarque inventaram mais essa: além da papelada toda que exigiram, atestado de óbito, guia disto, certidão daquilo, só faltou ter de pagar

ICM, queriam um caixão especial, todo blindado como um tanque de guerra, vê se pode. Falei que mamãe não era múmia para se meter dentro de um sarcófago, onde já se viu? Mas não me quiseram ouvir. Não adiantou dizer que ela ainda estava fresquinha, não ia haver o menor problema. Minha sorte é que na última hora apareceu um funcionário do aeroporto que era meu conhecido, fazemos sauna no mesmo horário lá no clube, uma graça de pessoa. Deitei um charme para cima dele, que funcionou: mamãe acabou embarcando direitinho.

E ele suspirou, revirando os olhos:

— Agora é rezar para que lá em Porto Alegre tudo corra também direitinho, e eu não perca o meu baile. Vou contar como é a fantasia que inventei, você vai a-do-rar.

A CARTEIRA ROUBADA

A Alfredo Machado

— NAQUELA OCASIÃO RESOLVI ir de trem da Suíça à Itália. Mais precisamente: de Genebra a Veneza. Você já andou em trem suíço? É de uma precisão suíça: sai na hora mesmo, e o horário deles é duas horas e trinta e três minutos, ou nove e vinte e dois, tudo assim. Nem apita na hora de sair: vai saindo de mansinho, você se distraiu, perdeu o trem. Funciona como um relógio suíço. Me perdoe a redundância, mas que hei de fazer? E é limpíssimo, sem um grão de poeira, asséptico como um hospital. Um hospital suíço, digo.

— E aí cheguei a Milão. Você precisava ver a diferença, quando passei para o trem italiano. A começar pela zorra na hora da baldeação. Uma confusão dos diabos na estação, gente para todo lado, falando, gesticulando, andando, se atropelando, comendo sanduíche, carregando tudo quanto é espécie de mala, saco, embrulho, trouxa, só faltava jacá de galinha. E todo mundo só tendo cinco minutos para embarcar. O que vale é que o trem italiano, como os nossos, nem sempre sai na hora. Só que às vezes sai antes.

— Na estação de Veneza, a mesma coisa, talvez mesmo até um pouco pior: o carregador esperava a gente descer com a bagagem, não se mexia até que a última mala estivesse na plataforma, a seus pés. Então ele falou qualquer coisa sobre um vaporeto que eu tinha de tomar. E me levou até uma fila tumultuada no cais, em frente à estação, largou a bagagem no chão e estendeu a mão dizendo quanto era. A roubalheira deve ter começado aí. Meto a mão no bolso, tiro a carteira e pago. Quando chega a minha vez de comprar o bilhete do vaporeto...

— Quando chega a minha vez, imagine só minha aflição: meto a mão no bolso e nada. Quede a carteira? No meio daquela empurração, me roubaram a carteira. E não tive dúvida: foi o carregador. Ele é que viu a maçaroca de dólar, *traveller's check*, e o diabo a quatro que a gente carrega na carteira. Lá ia ele embora todo fagueiro — me mandei atrás do homenzinho, gritando ladrão! fui roubado! em tempo de agarrá-lo pelo pescoço já na entrada da área, como jogador de futebol americano. Polícia, vamos à polícia!, falei para ele. O carcamano fez um ar de quem não está entendendo, mas eu insisti, e me abotoei em seu braço, ele acabou se mancando: compenetrado como um personagem de comédia italiana, me conduziu de volta à estação, até a agência da polícia.

— O *carabiniere* era o próprio Vitório De Sica, sem tirar nem pôr. Imponente com seu tricórnio, girava a cabeça de um lado para outro, como um farol, numa varredura do que se passava na estação atrás de nós. Contei-lhe confusamente o que havia acontecido, numa mistura atropelada de italiano, espanhol, português, inglês — para mim, eu já estava falando em esperanto. O carregador era baixinho, e o olhar do homem passava de um lado para outro por cima da sua cabeça sem vê-lo, mas ainda assim ele resolveu intervir: "Este senhor aqui foi roubado, quer apresentar queixa", explicou.

— De Sica não se dignou de deter o giro do olhar, limitando-se a perguntar com arrogância: Foi aqui dentro da estação? O carregador informou que não, tinha sido ali fora, no cais. Só então ele parou de mexer a cabeça e nos olhou: E que é que eu tenho com isso? Dali para fora não é comigo. O carregador se encheu de brios: O senhor não deve tratar assim um estrangeiro. É um turista que acaba de chegar. E eu cá comigo: esses dois estão de conversa fiada para me embrulhar, vai ver que são cúmplices no furto da carteira, trabalham de parceria.

— O *carabiniere* se virou para mim: O senhor já apresentou queixa por escrito? Essa não: queixa por escrito! Onde? Quando? Como? Se eu acabava de chegar e ser roubado, o carregador mesmo não tinha informado? Ele insistiu, por escrito sim senhor, tem de apresentar queixa por escrito, dizendo como foi, que hora foi, onde foi. O carregador, com ar desalentado, limitou-se a informar que tinha dólar na carteira roubada. Para mim, ele continuava sendo o principal suspeito.

— Então eu perdi a esportiva e botei pra quebrar, meti meu esperanto para cima do guarda: Escuta aqui, ô palhaço, que é que você está pensando? Venho de uma terra muito mais esculhambada que a sua, não tenho nada que aprender, mas a minha não é uma terra que só tem ladrão como esta de vocês. Aqui a gente não pode nem sair do hotel sem segurar os bolsos. E se bobear vocês me levam até as calças. No que falei isto, bati com a mão num dos bolsos da calça para dar mais ênfase, e que é que eu sinto lá dentro? A carteira. Só uso a carteira no bolso do paletó e, na confusão da chegada, tinha guardado no da calça, por distração.

— Fiquei firme, olhando para o *carabiniere*, ele olhando para mim. Muito obrigado — gaguejei. — O senhor quer registrar a queixa por escrito, eu lhe ensino a preencher o formulário — ele concedeu. — Muito obrigado — repeti — não vai adiantar nada mesmo... E fui tratando de cair fora dali. Quando já estava a alguma distância, arrisquei um rabo de olho para trás e dei com o *carabiniere* e o carregador ainda a me olhar com espanto. Depois um olhou para o outro, em silêncio, e o *carabiniere* fez para o carregador um gesto de rodar o dedo junto da testa, que exprimia de maneira inconfundível o que ambos pensavam a meu respeito.

O EMPREGADO DO CORONEL

O EMPREGADO DO CORONEL veio avisar-lhe que o jantar estava na mesa. Juntou os calcanhares com energia, bateu uma continência e disse:

— Marechal, pronta a gororoba!

O marechal, isto é, o coronel, ergueu os olhos assombrado e não disse palavra. Encaminhou-se para a mesa, pensativo, e durante o jantar teve oportunidade de sussurrar para a mulher:

— Acho que o José não está regulando bem.

Em verdade o José, José dos Santos, sargento reformado e fidelíssimo fâmulo do coronel havia mais de 15 anos, estava completamente maluco. Naquela mesma noite, lá de seu quarto, em cima da garagem, rompeu a comandar ordens ao seu pelotão:

— Pelotão! Sentido! Avançar! Fogo!

E abria fogo com sua metralhadora imaginária, da janela, sobre o galinheiro do vizinho, enquanto as galinhas dormitavam no poleiro, não querendo nada com a guerra. O coronel saltou da cama assustado, telefonou para um médico amigo seu. E pela madrugada recolheram o ex-sargento a um hospício.

— Por causa de um soldado não acaba a guerra — dizia ele, penetrando impávido os portões de seu novo campo de batalha. Ao despedir-se do patrão, bateu continência solene e disse:

— Não abandone seu mais antigo e fiel servidor, marechal.

O coronel ficou comovido, resolveu amparar o homem em tudo que fosse possível. Afinal de contas, era mesmo o seu mais antigo e fiel servidor. Recomendou-o ao diretor do hospício e foi-se embora, pensando onde diabo arranjaria outro tão fiel.

DE VEZ EM QUANDO ia visitá-lo, levava-lhe frutas, indagava dos médicos sobre seu estado.

— Está melhorzinho — lhe diziam.

Não estava: no seu primeiro dia de hospício fora juntar-se aos outros companheiros de infortúnio no pátio e participou de um incidente que contribuiu para agravar-lhe o desequilíbrio mental: acontecia estar ali internado um capitão de infantaria que perdera a razão durante uma parada militar. Pois o divertimento do tal capitão era pôr os demais internos em formação e ficar a tarde toda comandando ordem-unida:

— Esquerda, volver! Ordinário, marche!

Os outros, que não queriam meter-se em complicações com o exército, por amor à pátria ou por ver naquilo um bom exercício, ou ainda por serem doidos, obedeciam humildemente. A direção do hospital não interferia, porque as manobras do capitão haviam trazido boa ordem para os momentos de lazer dos doentes. Quando o diretor aparecia, o capitão berrava para a tropa:

— Olharrrrrrrrrrrrrrr... à DIREITA!

E o diretor, conformado, tinha de assistir ao desfile. Nada mais condizente com as inclinações insanas do ex-sargento José dos Santos. Chegou e ficou olhando.

— Você aí, entra na fila! Enquadre-se! — gritou-lhe o capitão.

Em vez de obedecer, avançou para o capitão e desferiu-lhe um tremendo bofetão na cara. O capitão rolou por terra, levantou-se, e prestou continência:

— Às suas ordens, coronel.

Os doidos tinham, pois, um novo comandante. O capitão entrou na fila ele próprio, enquanto o coronel José dos Santos passava a comandar as evoluções de sua unidade.

Eis que o protetor do pobre homem teve a surpresa de saber, quando foi visitá-lo, que ele havia sido promovido de sargento a coronel:

— O meu pessoal está afiado, meu velho — dizia o coronel dos doidos, numa intimidade natural entre oficiais de igual patente.

UM DIA O CORONEL recebeu um telefonema do hospício: José dos Santos havia morrido. Deixara de visitá-lo e aos poucos o abandonara à sua própria sorte. Sentiu remorso (o coronel era espírita) e resolveu dispensar ao seu antigo servidor um enterro condigno, que correspondesse em intenção às honras militares pelo pobre homem certamente esperadas. Tomou todas as providências junto a uma empresa funerária e rumou para o hospício.

— Trouxe o caixão para o enterro. Onde está o homem?

Só então verificou o equívoco: o José dos Santos que morrera era outro, um pobre doido que não passara nunca de soldado raso nas manobras do pátio. O coronel José dos Santos continuava lá, comandando o pelotão.

— Não pode ser! — retrucou o coronel, aborrecido. — Então o homem ainda não morreu? Como foi acontecer uma coisa dessas?

— Isso aqui é um hospício — sorriu-lhe o diretor. — Havia dois José dos Santos e um deles morreu. Lamento que não tenha sido o do senhor.

— E agora? Já tomei providências, o enterro está encomendado.

— Enterre o outro — sugeriu o diretor.

— Enterrar o outro? — e o coronel coçou a cabeça, irresoluto: — Mas se eu nem conhecia o outro!

— Matar o homem é que eu não posso — retrucou o diretor, também já aborrecido.

O coronel começou a andar de um lado para outro.

— Como vai indo ele? — perguntou, em dado momento.

— Ele quem?

— O José dos Santos, ora essa.

— Morreu.

— O outro!

— Ah, esse? Melhorzinho... Aguardando promoção a general.

O íntimo do coronel era um campo de batalha: de um lado o insopitável desejo de acabar logo com aquilo, e de outro a expressão "antigo e fiel servidor" aguilhoando-lhe a consciência.

— Quer dizer que ele morreu, ahn?

— Quem morreu foi o outro — esclareceu o diretor com paciência.

— Eu sei! O outro — murmurou o coronel. E acrescentou: — Quer saber de uma coisa? Vamos enterrá-lo.

E foi-se embora, em paz com a sua consciência. A guerra havia acabado: o coronel matara dois coelhos com uma só cajadada.

O ADVOGADO DA PREFEITURA

—Foi meu colega na Faculdade de Direito. Depois o perdi de vista. Eis senão quando um dia ele me aparece no escritório: "Sei que você está bem de vida, é muito relacionado, queria um favorzinho seu." Eu disse pois não, às suas ordens — mas ar de cliente em perspectiva é que ele não tinha.

— Então ele me sai com essa: "Estou vendo se arranjo minha situação, queria que você me ajudasse — gostaria de ser nomeado advogado da Prefeitura." Fiquei olhando para ele, boquiaberto: eu também gostaria, foi o que consegui dizer. Ele sorriu. "Está em suas mãos arranjar isso para mim." Quase caí da cadeira: em minhas mãos como? Então ele fez um gesto me apontando e disse apenas: "Prestígio." Prestígio, eu! Mas escuta aqui uma coisa, meu velho, se eu tivesse algum prestígio nesse mundo eu arranjava era para mim, você me desculpe a franqueza.

— Ele parece que não gostou: "Basta uma penada", falou, aborrecido, como se eu estivesse apenas com má vontade. Mas penada de quem, meu caro? Minha? Se for, disponha à vontade, aqui está a caneta. Onde é que você foi tirar uma ideia dessas, que eu tenho prestígio para conseguir nomeação de quem quer que seja? "Tenho tentado tudo", disse ele, apenas. Fiquei olhando para ele e ele olhando para mim. Mas eu que passo o dia feito barata tonta nos corredores do foro, e esse aí quer ser nomeado — só achando graça. "Há uma vaga", ele insistiu. "E daí?", eu perguntei. "Está bem, até logo", e ele se foi, sem mais nada.

— Dias depois me aparece com outra conversa: "Pode ficar com aquela vaga da Prefeitura para você." Ah, bondade sua, muito obrigado: a que devo tamanha generosidade? — não pude deixar de perguntar. Ele se compenetrou, assumindo ares de mistério: "Soube de outra vaga. No Banco do Brasil." Ah, outra vaga... de advogado? Fechei a cara: olha, é até uma impertinência você vir dizer isso a mim, que exerço advocacia e ninguém se lembra de nomear. Ele ficou triste: "Também não precisa me ofender, que diabo. Me arrume então um lugar de fiscal na Prefeitura, pronto, aceito, está acabado." Então eu lhe fiz ver que também aceitava se ele me arranjasse.

— Passei tempos sem vê-lo. E agora pasme: um dia eu ia seguindo pela Rua do Ouvidor, fazia um calor miserável. Quando cheguei ali na esquina da Rua Primeiro de Março, resolvi tomar um picolé. É uma coisa que nem sempre me arrisco fazer, pode ter algum cliente por perto, é preciso muita compostura. Sei de um caso de advogado que perdeu um gordíssimo inventário onde se encostar só porque um dos herdeiros o surpreendeu um dia encostado numa mulata em Copacabana. Mas mulata é coisa muito diferente de picolé, não é mesmo? Parei junto da carrocinha: me dá um de chocolate, eu pedi. O homem estendeu o sorvete e quando fui pegar, olhei a cara dele, quem você pensa que era? E de boné branco e avental, vendendo sorvete de carrocinha! Pensei até em disfarçar, mas ele me reconheceu logo com um sorriso: "Estou aqui, o que é que há? Foi o melhor que arranjei", e se voltou para atender outro freguês. Fiquei ali esperando, completamente sem jeito: não pude deixar de fazer um comentário qualquer sobre o fato de um sujeito da categoria dele, advogado etc. Mas ele protestou: "É uma profissão digna como outra qualquer. Não tenho de que me queixar. Consegui este ponto aqui, até que fui de uma sorte desgraçada, é disputadíssimo. E além do mais, é divertido, sabe disso? Ainda outro dia servi a uma freguesa que já foi minha namorada. Encontro muita gente conhecida. Você, por exemplo, há quanto tempo!" — e me estendeu de novo o picolé, de que eu até me esquecera: "Olha, de chocolate, não precisa pagar, foi um prazer, apareça sempre."

COMO EU IA DIZENDO

A Marco Aurélio Matos

E IS O VELHO DESEMBARGADOR. Sendo apresentado a um jovem advogado. No corredor do foro de Belo Horizonte:

— Como é mesmo o seu nome. Ah, Fonseca. Você por acaso foi meu aluno. Espere. Fonseca. Fonseca. Já sei de onde o conheço. Você é filho do Fonseca. Isto mesmo. Do Fonseca. Fomos companheiros de colégio eu e seu pai. Abelardo Fonseca.

— Policarpo.

— Ou isso. Policarpo. Policarpo Fonseca. Ainda me lembro de uma ocasião. Em que ele veio estudar comigo em minha casa eu morava ali naquela rua. Aquela que cruza a Avenida Paraúna. Como é mesmo que se chama aquela rua. Uma que tem um canal.

— Um canal.

— Pelo menos tinha. Não tem mais. Parece que cobriram o canal outro dia passei por lá. E não reconheci o diabo da rua. Da rua. Rua. Rua. Olha ali aquele escrevente o Lopes. O Lopes é capaz de saber ele já esteve na minha casa. Ô Lopes por favor chega aqui um instantinho.

O Lopes se aproximando solícito.

— Às suas ordens desembargador.

— Ô Lopes, me diga uma coisa, como é mesmo o nome daquela rua. Em que eu morava.

101

— Que rua desembargador.

— Rua desembargador. Não. Era rua professor não sei o quê. Tinha um canal não tem mais. Passava em frente àquele colégio. De moças. Colégio. Colégio. Colégio. Um nome de santa.

— Santa Marcelina — adianta o Fonseca.

— Não.

— Santa Maria — sugere o Lopes.

— Não. Ô Lopes me faz um favor vai ali naquela sala. E pergunta àquele menino. Como é mesmo o nome dele meu Deus. Aquele juiz mocinho. Da Primeira Vara ali no gabinete dele vai até lá por favor. Pergunta qual o colégio em que a filha dele está estudando. Por recomendação dele tenho duas netas matriculadas lá.

O juiz mocinho vem pessoalmente saber o que se passa:

— O senhor mandou me chamar desembargador.

— Não precisava se incomodar eu só queria saber. O que é mesmo que eu queria saber.

EM POUCO NO CORREDOR do foro uma aglomeração em torno do desembargador. Com ajuda de um e outro ele vai levando sua história aos solavancos pela estrada esburacada da memória.

— Neste dia em minha casa. O Abelardo.

— Policarpo — corrige o Fonseca.

— Ou Policarpo. Dá na mesma. Só que eu seria capaz de jurar que o nome dele era Abelardo. Você tem certeza meu filho.

— Então eu não havia de saber o nome do meu próprio pai desembargador.

102

— É isso mesmo, respeite o nome do seu pai. Pois eu ia dizendo o pai desse aqui. Não devia ter nem 12 anos e afirmou que sabia dirigir automóvel. Para provar resolveu sair no do meu pai. Que era uma daquelas limusines antigas muito chiques na época. De capota alta. Marca. Marca. Como é mesmo a marca.

— Cadillac.

— Packard.

— Studbaker.

— La Salle.

— Não. Não. Não. Não. Não interessa. Pois o menino esse Policarpo não é isso mesmo. Eu não iria esquecer o nome do seu pai tão meu amigo que ele era. O Policarpo saiu dirigindo o automóvel como se fosse gente. Quando passou na esquina da avenida. Da avenida. Aquela que vai dar no palácio. Você aí.

— Eu sou nomes, desembargador.

— Você então.

— Eu sou datas.

— Quem é ruas. Aquela avenida. O descobridor.

— Álvares Cabral.

— O outro. O da América.

— Cristóvão Colombo.

— Isso. Cristóvão Colombo. Na esquina da Cristóvão Colombo vinha vindo no carro dele. Aquele médico que tinha fama de distraído. Doutor. Doutor. O nome dele parece uma rua.

— Doutor Ladeira — acudiu o das ruas.

— Doutor Ladeira. Policarpo Ladeira se bem me lembro.

— Policarpo é meu pai, desembargador.

— Você filho do doutor Ladeira, menino. Pensei que fosse filho do Fonseca meu velho amigo. Pois o Ladeira também não sabia dirigir mas andava por aí com seu carro como se soubesse. Cometendo as maiores tropelias e atropelagens.

E LÁ SE FOI o desembargador dirigindo a sua história de maneira mais atropelada que o doutor Ladeira o seu carro. Até que ela empacou de todo. Em que desvão da memória se ocultava o nome daquele delegado de polícia. Em cuja delegacia os protagonistas evidentemente foram parar. Depois que se deu a colisão de um carro com o outro.

— Aquele delegado que era pintor. E pianista amador. Meio da boêmia amigo da rapaziada.

O dos nomes não sabia. Os outros muito menos.

— Não é do tempo de vocês. Que são muito jovens. Mas o Noronha sabe. O Noronha está por aí gente.

Verdadeira multidão já obstruindo o corredor. Todos interessados no desenrolar da história do desembargador. Noronha era o promotor. No momento em plena sessão do júri. Alguém foi interpelar o porteiro do tribunal. O porteiro sumiu portas adentro. O promotor sem interromper a acusação dedo no ar viu o porteiro cochichando com o guarda. O guarda indo cochichar com o auxiliar da promotoria. O auxiliar da promotoria lhe fazendo sinais. O promotor pediu licença ao juiz, foi saber o que era. Depois foi perguntar ao próprio juiz. O nome do delegado o juiz não sabia. Consultou o advogado de defesa. Talvez o réu soubesse.

O réu sabia:

— Delegado Loureiro. Dr. Gumercindo Loureiro. Meu velho amigo. Foi quem me prendeu.

O nome do delegado fez o caminho inverso de boca em boca até chegar ao ouvido do desembargador no corredor. O desembargador sorriu satisfeito:

— Isso mesmo. Gumercindo Loureiro. Ele próprio. Pois o Loureiro. O Loureiro como eu ia dizendo. Mas o que é mesmo que eu ia dizendo?

DONA CUSTÓDIA

AR DE EMPREGADA ELA não tinha: era uma velha mirrada, muito bem-arranjadinha, mangas compridas, cabelos em bandó num vago ar de camafeu — e usava mesmo um, fechando-lhe o vestido ao pescoço. Mas via-se que era humilde — atendera ao anúncio publicado no jornal porque satisfazia às especificações, conforme ela própria fez questão de dizer: sabia cozinhar, arrumar a casa e servir com eficiência a senhor só.

O senhor só fê-la entrar, meio ressabiado. Não era propriamente o que esperava, mas tanto melhor: a velhinha podia muito bem dar conta do recado, por que não? e além do mais impunha dentro de casa certo ar de discrição e respeito, propício ao seu trabalho de escritor. Chamava-se Custódia.

Dona Custódia foi logo botando ordem na casa: varreu a sala, arrumou o quarto, limpou a cozinha, preparou o jantar. Deslizava como uma sombra para lá, para cá; em pouco sobejavam provas de sua eficiência doméstica. Ao fim de alguns dias ele se acostumou à sua silenciosa iniciativa (fazia de vez em quando uns quitutes) e se deu por satisfeito: chegou mesmo a pensar em aumentar-lhe o ordenado, sob a feliz impressão de que se tratava de uma empregada de categoria.

De tanta categoria que no dia do aniversário do pai, em que almoçaria fora, ele aproveitou-se para dispensar também o jantar, só para lhe proporcionar o dia inteiro de folga. Dona Custódia ficou muito satisfeitinha, disse que assim sendo iria também passar o dia com uns parentes lá no Rio Comprido.

Mas às quatro horas da tarde ele precisou de dar um pulo no apartamento para apanhar qualquer coisa que não vem à história. A história se restringe à impressão estranha que teve, então, ao abrir a porta e entrar na sala: julgou mesmo ter errado de andar e invadido casa alheia. Aconteceu que deu com os móveis da sala dispostos de maneira diferente, tudo muito arranjadinho e limpo, mas cheio de enfeites mimosos: paninho de renda no consolo, toalha bordada na mesa, dois bibelôs sobre a cristaleira — e em lugar da gravura impressionista na parede, que se via? Um velho de bigodes o espiava para além do tempo, dentro da moldura oval. Nem pôde examinar direito tudo isso, porque, espalhadas pela sala, muito formalizadas e de chapéu, oito ou dez senhoras tomavam chá! Só então reconheceu entre elas dona Custódia, que antes proseava muito à vontade mas ao vê-lo se calou, estatelada. Estupefato, ele ficou parado sem saber o que fazer e já ia dando o fora quando sua empregada se recompôs do susto e acorreu, pressurosa:

— Entre, não faça cerimônia! — puxou-o pelo braço, voltando-se para as demais velhinhas: — Este é o moço que eu falava, a quem alugo um quarto.

Foi apresentado a uma por uma: viúva do desembargador Fulano de Tal; senhora Assim-Assim; senhora Assim-Assado; viúva de Beltrano, aquele escritor da Academia! Depois de estender a mão a todas elas, sentou-se na ponta de uma cadeira, sem saber o que dizer. Dona Custódia veio em sua salvação.

— Aceita um chazinho?

— Não, muito obrigado. Eu...

— Deixa de cerimônia. Olha aqui, experimenta uma brevidade, que o senhor gosta tanto. Eu mesma fiz.

Que ela mesma fizera ele sabia — não haveria também de pretender que ele é que cozinhava. Que diabo ela fizera de seu quadro? E os livros, seus cachimbos, o nu de Modigliani junto à porta substituído por uma aquarelinha...

— A senhora vai me dar licença, dona Custódia.

Foi ao quarto — tudo sobre a cama, nas cadeiras, na cômoda. Apanhou o tal objeto que buscava e voltou à sala:

— Muito prazer, muito prazer — despediu-se, balançando a cabeça e caminhando de costas como um chinês. Ganhou a porta e saiu.

Quando regressou, tarde da noite, encontrou como por encanto o apartamento restituído à arrumação original, que o fazia seu. O velho bigodudo desaparecera, o paninho de renda, tudo — e os objetos familiares haviam retornado ao lugar.

— A senhora...

Dona Custódia o aguardava, ereta como uma estátua, plantada no meio da sala. Ao vê-lo, abriu os braços dramaticamente, falou apenas:

— Eu sou a pobreza envergonhada!

Não precisou dizer mais nada: ao olhá-la, ele reconheceu logo que era ela: a própria Pobreza Envergonhada. E a tal certeza nem seria preciso acrescentar-se as explicações, a aflição, as lágrimas com que a pobre se desculpava, envergonhadíssima: perdera o marido, passava necessidade, não tinha outro remédio — escondida das amigas se fizera empregada doméstica! E aquela tinha sido a sua oportunidade de reaparecer para elas, justificar o sumiço... Ele balançava a cabeça, concordando: não se afligisse, estava tudo bem. Concordava mesmo que de vez

109

em quando, ele não estando em casa, evidentemente, voltasse a recebê-las como na véspera, para um chazinho.

O que passou a acontecer dali por diante, sem mais incidentes. E às vezes se acaso regressava mais cedo detinha-se na sala para bater um papo com as velhinhas, a quem já se ia afeiçoando.

Não tão velhinhas que um dia não surgisse uma viúva bem mais conservada, a quem acabou também se afeiçoando, mas de maneira especial. Até que dona Custódia soube, descobriu tudo, ficou escandalizada! Não admitia que uma amiga fizesse aquilo com seu hóspede. E despediu-se, foi-se embora para nunca mais.

SARDINHAS DO BÁLTICO

ENTROU NUM BOTEQUIM, pediu cerveja e sanduíche de sardinha. De repente surgiu o outro, considerado o Prêmio Nobel da Mitomania. "Estou perdido", lastimou-se ele: "se não tivesse encomendado ao garçom, era o caso de dar o fora."

— Não sei como é que você tem coragem de comer sardinha brasileira — comentou o chato, aboletando-se a seu lado.

— Brasileira, não: portuguesa — resmungou.

— Dá na mesma. Sardinha é a do Báltico. É a melhor do mundo, você sabe disso.

— Não sabia não. E seria muito perguntar onde é que se pode comer sardinha do Báltico?

— Em lugar nenhum, a não ser no Báltico.

— E você já esteve no Báltico?

— Não. Isto é, já, mas há muito tempo. Mas tenho aí meus macetes, o que é que há? Mando importar diretamente.

— Manda importar diretamente o quê?

— Sardinha do Báltico. Qualquer dia desses você aparece lá em casa para experimentar. Uma delícia.

— Escuta, eu não sou de comer sardinha. Só porque hoje...

Acabou perdendo a paciência:

— Quer saber de uma coisa? Vai ser agora, então. Vamos até lá.

O outro vacilou:

— Hoje está meio tarde... Minha mulher já deve estar dormindo.

— Pois eu gostaria de experimentar é hoje. Não sei por quê, me deu de repente uma vontade desgraçada de comer sardinha do Báltico.

— Já que você insiste...

Saíram juntos, e ele caminhava duro, decidido a ir até o fim. Sardinhas do Báltico! Tiveram de entrar pela cozinha, e ele se prevenia contra qualquer pretexto do outro para escapar. Desta vez o apanhara. A carta do Hemingway que acabara de receber, pena que tivesse deixado em casa; sua amizade com Chaplin; a viagem que fizera numa jangada; sua atuação no passado, como integrante do selecionado brasileiro de futebol! Desta vez, porém, estava perdido. Sardinhas do Báltico.

— Espere um instante, que minha mulher é que sabe onde estão.

E o homem foi lá dentro. Via-se que estava sem jeito, completamente encafifado. Em pouco voltava, carregando uma pilha de latas:

— Ela mandou pedir desculpas por não aparecer, você não repare, já estava recolhida. Olhe aí, tem de diversas marcas. Vamos experimentar esta aqui, na minha opinião é a melhor.

Ele tomou das latas e pôs-se a examiná-las com cuidado. Teve de render-se à evidência: eram latas de sardinha, não havia dúvida. E todas do Báltico.

O RATINHO CURIOSO

Naquele cantinho
Cocô de ratinho
Naquele cantão
Cocô de ratão

Vinicius de Moraes

ELA JÁ ESTAVA QUASE DORMINDO, quando ouviu no escuro do quarto um barulhinho de alguma coisa sendo roída:

— Rec-rec-rec...

Abriu os olhos e ficou à escuta. Sendo roída? O rato roeu a roupa do rei, escrevia ela nas suas aulas de datilografia. Só podia ser um rato!

Deu um pulo da cama, sacudiu o marido:

— Acorda, meu bem. Acorda.

Ele acordou com um susto:

— Que foi? Que aconteceu?

— Escuta só.

Ela atenta, olhos esbugalhados, ele intrigado, olhos sonolentos, os dois ficaram um instante em silêncio na escuridão.

— Não estou ouvindo nada.

— É porque você falou alto. Ele se assustou e fugiu.

— Quem?

— O rato.

— Que rato?

— O que estava roendo no escuro.

Ele soltou um suspiro:

— Você sempre ouvindo coisas. Não tem rato nenhum.

Acendeu a luz e deu uma volta pelo quarto, olhando nos cantos. Depois espiou debaixo da cama.

— Eu não disse? Você estava sonhando.

Acomodaram-se, ele apagou a luz.

Ela não conseguiu dormir. Bem que dois dias antes, lembrava-se agora, quando estava assistindo à novela na televisão, tinha visto com o rabo do olho uma pequenina sombra deslizar junto à parede do fundo. Na hora julgou que fosse imaginação sua, ou problema com as lentes de contacto, precisava voltar ao oculista. Agora tinha certeza: um rato, só podia ser. Talvez um camundongo, mas um camundongo não deixava de ser um rato.

Encolheu-se na cama, horrorizada: um rato no apartamento recém-alugado e decorado, sala e quarto separados, depois daquele horrível conjugado dos primeiros meses de casada...

Desta vez ouviu nitidamente:

— Rec-rec-rec...

E desta vez foi ele quem deu um salto: também ouvira o ruidinho. Acendeu a luz e viu — ambos viram — um camundongo atravessar o quarto em direção à porta do corredor. E levava calmamente na boca o almoço, um pedacinho de papel.

Ela escondeu a cabeça debaixo dos lençóis; ele pulou da cama e, brandindo um sapato, partiu atrás do bichinho.

Já não o viu mais. Saiu acendendo luzes, procurou na sala, no banheiro, na cozinha, na área, revirou o apartamento. Voltou para o quarto, conformado:

— Sumiu. Deve ter ido embora.

Passaram a noite em claro. Ela não admitia que ele dormisse: ido embora como? por debaixo da porta? Mal nasceu o dia, correu ao telefone:

— Mamãe, que é que eu faço?

Experiente, a mãe a orientou: tenha calma, minha filha, ele não aparece de dia, tem medo de gente. Compre veneno na farmácia, bote no queijo, espalhe pedacinhos por toda parte. Ele acaba aparecendo morto.

Ela torcia as mãos, sentindo um arrepio pelas pernas, como se fosse o próprio camundongo. Depois de executada a operação veneno, o marido foi para o trabalho.

— Eu é que não fico aqui sozinha.

E ela se mandou para a rua. Passou o dia fora, visitou amigas, contou a sua desdita. Uma recomendou-lhe o serviço de desratização da prefeitura, que em 48 horas... Outra achava lagartixa pior: um dia foi calçar o sapato e sentiu uma coisa mole e fria se mexendo sob a sola do pé.

À noitinha, com a garantia da presença do marido, ousou voltar para casa. A notícia havia se espalhado. Houve quem telefonasse dizendo gracinhas:

— O Mickey Mouse está?

— Aqui é o Dom Ratão. Queria falar com meu filho, o Ratinho Curioso.

Ela não achava graça, seu senso de humor não dava para tanto. Enquanto o marido lia o jornal, ficava à espreita, olhando um lado e outro, a vassoura nas mãos como um tacape.

— Larga isso, mulher. Parece maluca!

Um amigo veio visitá-los. Ela arriscou a sentar-se ao lado do marido, pernas encolhidas.

— Compre uma ratoeira — sugeriu o amigo: — É o melhor.

E contou que uma noite, na cozinha, deu com uma coisa fugindo para debaixo do fogão. No dia seguinte botou uma ratoeira e pegou um camundongo. Por via das dúvidas armou outra, no dia seguinte pegou mais um. E assim foi, todo dia — pegou nada menos que seis:

— Acabei desistindo. Parecia brincadeira.

Resolveram jantar os três num restaurante. Ela foi se vestir. Caminhava na ponta dos pés. De repente deu um grito lá do quarto. O marido acorreu e ela, virando o rosto para o outro lado, apontou dramática a gaveta que acabara de abrir. No canto havia um pouco de cocô de ratinho.

— Eu não dizia? — a mão espalmada, como se espantasse o demônio: imagine se ela encontrasse na gaveta um rato aninhado num sutiã!

Roeu a roupa do rei: a verdade é que ele próprio tinha encontrado uns papéis roídos na sua gaveta e não disse nada. Eram papéis sem importância.

De volta do jantar, verificaram um por um os pedaços de queijo e deram por falta de dois. O que significava que o rato tinha comido o veneno.

— Já deve estar morto duas vezes. É fulminante.

Em pouco ele soltava uma exclamação lá da cozinha. E apareceu na porta, triunfante, segurando pelo rabo um ratinho morto:

— Não falei?

— Joga fora, pelo amor de Deus! E lave as mãos com álcool!

Mais tarde, reintegrada na felicidade de sempre, ela aceitou celebrar a vitória tomando com ele um uísque. Depois foram para o quarto. Até que, entre um suspiro e outro, ouviram no escuro um barulhinho de alguma coisa sendo roída:

— Rec-rec-rec...

A COMPANHEIRA DE VIAGEM

A MOÇA VAI PARA A EUROPA de navio e um amigo que lá se encontra lhe encomendou... um macaco. Para que ele quer um macaco, não cheguei a ficar sabendo, e creio que nem ela mesma. Em todo caso, como sua viagem será de navio, comprou o macaco, conforme a encomenda: um macaquinho desses pequenos, quase um sagui, de rabo comprido, que coçam a barriga e imitam a gente. Meteu-o numa gaiola e lá se foi para legalizar a situação do seu companheiro de viagem.

Não precisou propriamente de um passaporte para ele: precisou de atestado de saúde, de vacina, disso e daquilo — além do competente visto em cada um dos consulados dos países que pretende percorrer até chegar ao seu destino. Depois foi à companhia de navegação da qual será passageira cuidar da licença para ter o bichinho consigo a bordo.

O funcionário que a atendeu, sem querer criar dificuldades, fez-lhe ver que até então não estava previsto o transporte de macacos junto com os passageiros nos navios daquela frota.

— A senhora não me leve a mal, mas olhe aqui.

E mostrou-lhe um impresso no qual se estipulava que os passageiros teriam de pagar um acréscimo no preço da passagem, em escala crescente, para carregar consigo aves, gatos e cachorros.

— Macaco é a primeira vez que ocorre, por isso até hoje não foi incluído na tabela. Mas não se preocupe: ele poderá viajar como cachorro.

O que significava que ela teria de pagar o preço mais alto da tabela pela viagem do macaquinho.

— Como cachorro? — protestou: — E por que não como gato?

— Porque ao incluí-lo em alguma categoria, me parece que a mais aproximada seja a dos cachorros.

— Por quê?

— Porque entre um macaco e um cachorro...

— Não vejo semelhança nenhuma entre um macaco e um cachorro.

O funcionário coçou a cabeça, no que foi logo imitado pelo macaquinho, preso na sua gaiola:

— Bem, mas também não acho que ele se pareça com um gato.

— Eu não disse que ele se parece com um gato — insistiu ela: — Só não vejo por que hei de pagar por ele segundo a tabela mais cara. Para mim ele podia ir até como ave. Já não está numa gaiola?

O homem começou a rir:

— Quer dizer que basta meter dentro de uma gaiola que é ave? Ave tem duas pernas, macaco tem quatro.

— Quer dizer que eu sou ave, porque também tenho duas pernas — retrucou ela.

— É uma questão de tamanho... — vacilou ele.

— De tamanho? E a diferença entre uma avestruz e um beija-flor?

Os outros funcionários se aproximaram, interessados na controvérsia.

— Na minha opinião ele pode ir perfeitamente como gato — sugeriu um deles, conquistando logo um sorriso agradecido da dona do macaco: — Gato sobe em árvore, macaco também...

— Gato mia — tornou o homem: — Macaco mia?

— Não mia nem late, essa é boa.

— Ah, é? Basta latir para ser cachorro? Então au! au! au! Agora eu sou um cachorro.

— Eu não disse que bastava latir para ser cachorro — o outro funcionário respondeu, agastado: — Você disse que ele se parece mais com um cachorro. Eu disse que ele pode ir como cachorro ou como gato, tanto faz — a semelhança é a mesma.

— Ou como ave — acrescentou a dona do macaco.

— Não: como ave também não.

Outro passageiro, que aguardava a vez de extrair sua passagem, resolveu entrar na conversa:

— Me permitem uma sugestão?

Todos se voltaram para ele, interessados.

— A seguir esse critério de semelhança, vocês não chegam a resultado nenhum. Ave é ave, gato é gato, cachorro é cachorro.

— Macaco é macaco. E daí?

— Daí que os senhores têm de criar para ele uma categoria nova, eis tudo — encerrou o homem.

— Então vai pagar mais ainda que cachorro.

— Absolutamente. Macaco é o bicho que mais se assemelha ao homem. Esse macaquinho podia perfeitamente viajar como filho dela, por exemplo.

— Como filho meu? — protestou ela, indignada: — Tem cabimento o senhor vir dizer uma coisa dessas? Ele pode parecer é com o senhor, e com toda sua família, não comigo.

121

— Perdão — voltou-se o homem, muito delicado: — Não quis ofendê-la. Uma criancinha do tamanho deste macaco não pagaria nada, viajaria de graça. Era lá que eu queria chegar.

A essa altura resolveram consultar o gerente da companhia. Ele ouviu com silencioso interesse a explanação que lhe fez o funcionário, olhou para o macaquinho, para a dona dele, para os circunstantes.

— Vai como gato — decidiu peremptoriamente, encerrando a discussão.

Não sem antes acrescentar, em tom mais discreto:

— Aliás, devo dizer, a bem da verdade, que não se trata de um macaco, mas de uma macaca.

ESPINHA DE PEIXE

DE REPENTE DONA CAROLINA deixou cair o garfo e soltou um grunhido. Todos se precipitaram para ela, abandonando seus lugares à mesa; a filha, o genro, os netos:

— Que foi, mamãe?

— Dona Carolina, a senhora está sentindo alguma coisa?

— Fala conosco, vovó.

A velha, porém, só fazia arranhar a garganta com sons estrangulados, a boca aberta, os olhos revirados para cima.

— Uma espinha — deixou escapar afinal, com esforço: — Estou com uma espinha de peixe atravessada aqui.

E apontava o gogó com o dedinho seco.

— Come miolo de pão.

— Respira fundo, vovó.

— Com licença — e o marido de uma das netas, que era médico recém-formado, abriu caminho: — Deixa ver. Abre bem a boca, dona Carolina.

Dona Carolina reclinou a cabeça para trás, abriu bem a boca, e a dentadura superior se despregou. Constrangido, o moço retirou-a com dedos delicados, deixou-a sorrindo sobre a toalha da mesa:

— Assim. Agora vira aqui para a luz. Não estou vendo nada... A espinha já saiu, não tem nada aí. A garganta ficou um pouco irritada, é por isso... Bebe um pouco d'água, dona Carolina, que tudo já passou.

Todos respiraram aliviados, voltando aos seus lugares. Dona Carolina, porém, fuzilou o rapaz com um olhar que parecia dizer: "Passou uma ova!" e continuava a gemer. Como ninguém se dispusesse mais a socorrê-la, acabou se retirando para o quarto, depois de amaldiçoar toda a família. Uma das netas, solícita, foi levar-lhe a dentadura, esquecida sobre a mesa.

— ESTOU COM UMA espinha na garganta — queixava-se ela, a voz cada vez mais fraca.

— Já saiu, mamãe. É assim mesmo, a gente fica com impressão que ainda tem, deve ter ferido a garganta...

— Impressão nada! Ela está aqui dentro, me sufocando... Chame um médico para mim, minha filha.

Veio de novo o rapaz que era médico, mas a velha o rejeitou com um gesto:

— Esse não! Eu quero um médico de verdade!

A família, de novo reunida, se alvoroçava, e dona Carolina, arquejante, dizendo que morria sufocada. Uma das filhas corria a buscar um copo d'água, outra abanava a velha com um jornal. O dono da casa foi bater à porta do vizinho do apartamento, Dr. Fontoura, que, pelo nome, devia ser médico:

— O senhor desculpe incomodar, mas minha sogra cismou, uma espinha de peixe, não tem mais nada, cismou que tem, porque tem...

Dr. Fontoura, que na realidade era dentista, acorreu com uns ferrinhos, uma pinça.

— Abre bem a boca, minha senhora — ordenou gravemente, e contendo a língua da velha com o cabo de uma colher, meteu o nariz pela boca adentro: — Assim. Hum-hum... Não vejo nada. Alguém tem uma lanterna elétrica?

Um dos rapazes trouxe a lanterna elétrica e o dentista iluminou a goela de sua nova cliente, sob expectativa geral.

— É isso mesmo... Está um pouquinho irritada ali, perto da epiglote. Não tem mais nada, a espinha já saiu. O que ela está precisando, na minha opinião, é de uma dentadura nova.

A velha engasgou e, em represália, por pouco não lhe mordeu a mão. Todos respiravam, aliviados.

— Eu não dizia? — afirmava o dono da casa, conduzindo o vizinho até a porta, e protestava agradecimentos: — A velha está nervosa à toa, o senhor desculpe o incômodo...

Dona Carolina pôs-se a amaldiçoar toda a sua descendência; a voz cada vez mais rouca:

— Cambada de imprestáveis! Eu aqui morrendo engasgada e eles a dizerem que não tem mais nada!

Resolveram fazê-la tomar um calmante e dar o caso por encerrado.

MAS O CASO NÃO SE encerrou. A velha não pregou olho durante a noite e passou todo o dia seguinte na cama, gemendo com um fio de voz:

— Ai, ai, ai, meu santo Deus! Estou morrendo e ninguém liga!

A filha torcia as mãos, exasperada:

— Não quis almoçar, agora não quer jantar. Assim acaba morrendo mesmo.

— Minha sogra é uma histérica — explicava o dono da casa a um velho amigo que viera visitá-lo ao terceiro dia. — Está assim desde quarta-feira, já nem fala mais com ninguém...

O velho amigo resolveu espiá-la de perto. Assim que o viu, dona Carolina agarrou-lhe a mão, soprando-lhe no rosto uma voz roufenha, quase inaudível, mais para lá do que para cá:

— Pelo amor de Deus, me salve! Você é o único que ainda acredita em mim.

Impressionado, o velho amigo da casa resolveu levá-la consigo até o pronto-socorro:

— Quanto mais não seja, terá efeito psicológico — explicou aos demais.

Embrulharam a velha num sobretudo, e lá se foi ela, de carro, para o pronto-socorro. Foi só chegar e a estenderam numa mesa, anestesiaram-na, e o médico de plantão, com uma pinça, retirou de sua garganta — não uma espinha, mas um osso de peixe, uma imensa vértebra cheia de espinhas para todo lado, como um ouriço.

— Estava morrendo sufocada — advertiu. — Não passaria desta noite.

Hoje dona Carolina, quando quer fazer o resto da família ouvir sua opinião sobre qualquer assunto, exibe antes sua famosa vértebra de peixe, que carrega consigo, como um troféu.

HOMEM OLHANDO O MAR

ELA CARREGAVA A PASTA contra o peito, e caminhava com estudada displicência — o que, de certo modo, disfarçava a deselegância do uniforme. Deu uma corridinha para atravessar a rua e depois se compenetrou, tentando fazer-se adulta. Logo se distraía, de vitrine em vitrine, com seu próprio corpo que passava, refletido no vidro — às vezes estacando para olhar um vestido, uma bolsa, um sapato. Bárbaro, murmurava.

Na esquina se deteve junto à carrocinha de sorvete:

— De chocolate.

A mãe era capaz de dizer que não ficava bem uma moça de 13 anos tomando sorvete pela rua afora. Ainda mais nesse passinho saltitante, evitando as listas pretas da calçada, só pisando nas brancas. Pouco se importava: muita coisa que não ficava bem ela gostava de fazer. Por exemplo: tirar o sapato ali mesmo e andar descalça, dava vontade. Outro exemplo: matar a última aula, pois não era isso mesmo?

Sorvete acabado, ficou pensando se agora não seria o caso de comprar um saco de pipocas. Enquanto decidia, olhava os cartazes de cinema. Por um instante teve a tentação de entrar. Isto é, se o dinheiro desse. Isto é, se desse tempo. Isto é, se já não tivesse visto aquele filme.

— Amanhã vou pedir ao papai — afirmou, como se falasse para o próprio sapatinho branco na vitrine, logo adiante: bárbaro também. O pai, naquele instante na cidade, trabalhando no escritório. O que estou precisando é de tomar juízo, concluiu. Mas, francamente: só a última aula. Ainda mais numa tarde tão bonita como aquela. Virou a esquina e seguiu em direção ao mar.

O mar. Ondas que se quebravam lá adiante, espumando verde. Ao longe, cruzando a barra, um navio branco. O azul do céu sem uma nuvem, a areia dourada. Foi andando devagar ao longo da praia, passo a passo, reconciliada com o mundo, leve, distraída, olhando o mar.

De repente estacou, surpresa: num dos bancos, logo adiante, um homem também olhando o mar.

Um homem alto como seu pai, meio curvado como seu pai, olhando o mar. Mas àquela hora, sentado sozinho num banco de praia, paletó largado ao colo, olhando o mar?

Virou rapidamente o rosto, porque ele se movera e já podia tê-la visto. Deu-lhe as costas e atravessou a rua, aturdida com a descoberta: ele também matava aula para ficar olhando o mar.

Antes de desaparecer na esquina, arriscou ainda um olhar furtivo, para confirmar: lá está ele. Teve a impressão de que agora ele é que virava o rosto, para não ser reconhecido. Por via das dúvidas, foi logo para casa.

Já era tempo mesmo: chegou à hora de sempre.

À noite, ele chegou também à hora de sempre. E durante o jantar, a uma pergunta da mulher, enfrentou a família com o costumeiro sorriso de cansaço:

— Tive um dia atarefadíssimo, hoje.

Olhou a filha, meio ressabiado, mas ela já lhe devolvia o olhar, com ternura. Uma ternura de cúmplice.

APENAS UM SORRISO DIFERENTE

ELA EM CASA POSTA EM SOSSEGO, e o marido avisando-a, de passagem, que vai à praia. Mas ele não chega a transpor a porta — detém-se a meio caminho:

— Que foi que houve?

— Nada — estranha ela: — Por quê?

— Eu é que pergunto: por que essa cara?

— Que cara?

— Eu falei que ia à praia e você ficou me olhando com essa cara esquisita.

— Esquisita como?

— Você sabe muito bem. Esse ar que você deu para assumir ultimamente. Qual é a sua?

— Ora — e ela ergueu os ombros: — Minha cara é esta mesmo. Você está inventando coisas.

— Não estou não senhora. Já notei que ultimamente você deu para me olhar assim.

— Assim como? Posso saber?

— Assim com esse sorriso cínico, esse ar debochado.

Ela percebe, espantada, que realmente está sorrindo enquanto ele fala. Mas não vê nisso cinismo algum.

— Não vejo cinismo algum.

— Não vê? Pois então vá se olhar no espelho — e ele a encara, irritado: — Para de me olhar desse jeito!

Ela lhe faz uma careta e ele sai, batendo a porta.

POR ALGUM TEMPO ela se deixou ficar na sala, pensativa. Depois resolveu seguir o conselho dele: foi olhar-se ao espelho no banheiro.

Havia mesmo qualquer coisa de estranho na expressão do seu rosto. O canto da boca crispado num meio sorriso, os olhos um pouco apertados, como alguém que está vendo muito mais longe que os outros. Qualquer coisa de cínico, como ele dissera. E, no entanto, não correspondia a nada de malicioso ou devasso que ela estivesse pensando.

Devasso — era a palavra. Um ar devasso, ela reconhecia agora: ar de mulher experiente e vivida, que já fez e aconteceu, que está sempre pronta para o que der e vier, não é isso mesmo? Logo ela, que não tinha nem 30 anos e mantivera até então um jeito inocente de quem não passara dos vinte. Experimentou mudar a fisionomia, abrir-se no sorriso de sempre, de dedicada esposa, mãe extremosa. Mas o brilho de astúcia não se apagava — e logo seus lábios ganharam de novo aquele ricto diferente, lascivo, um tanto grotesco mesmo, como o de um travesti tentando parecer sensual. Fez tudo para eliminá-lo e não conseguiu.

Agora, tinha perfeita consciência da expressão que o marido vinha estranhando, e, mesmo sem se olhar ao espelho, sentia-se a exibi-la no rosto como uma máscara que não conseguia remover.

Desde menina sempre fora assim: sujeita a obsessões como essa. Lembrava-se do frouxo de riso que a possuiu no dia da sua primeira comunhão e, desde então, não pudera mais comungar: tão logo se aproximava do altar, disparava a rir como uma perdida.

Quando o marido voltou para casa, ela procurou controlar-se — e, de certa maneira, conseguiu. Ele não falou mais no assunto e parecia mesmo que o sorriso cínico, o ar devasso ou lá o que fosse havia deixado seu rosto para sempre.

Até que, alguns dias mais tarde...

Bem, desta vez não estavam sozinhos, e a presença de um amigo só fez precipitar as coisas. A certa altura o visitante cometeu a imprudência de dizer-lhe que a estava achando diferente, mudada.

— Diferente como? — perguntou ela.

— Não sei. Com um ar assim mais...

— Mais o quê? — saltou o marido.

O outro se surpreendeu com a reação de ambos e, pelo sim pelo não, resolveu se sair com prudência:

— Não saberia dizer... Mas fiquem tranquilos: um ar mais bonito.

Ela respirou, satisfeita, o marido a olhou, desconfiado:

— Está vendo? Ele também notou.

— Notou o quê? — perguntou o visitante, interessado, embora seu instinto lhe dissesse que era melhor não se aventurar mais, aquilo era terreno minado.

O marido, porém, não lhe fez caso e insistiu para a mulher:

— Ele notou e não quis dizer. Por delicadeza, talvez. Mas está na cara.

E a olhava de maneira tão intensa que ela não se conteve:

— Para mim você é que deu para me olhar de maneira esquisita, com essa sua cara de maluco.

Depois que o visitante estrategicamente bateu em retirada, ele perguntou, em tom casual:

— Você tem alguma coisa com ele?

— Não estou dizendo? — reagiu ela, indignada: — Você está é ficando maluco.

— Olhou o tempo todo para ele daquele jeito.

Ela suspirou, irritada:

— Do jeito que sempre olhei.

— E eu vi perfeitamente que ele notou.

— Ah, é? Folgo muito em saber.

— Notou e o pior é que parece ter gostado.

— Pior, não: melhor, então. Só quem não gosta é você.

Naquela noite se separaram praticamente inimigos um do outro, foram dormir cada um para o seu lado.

No DIA SEGUINTE o visitante da véspera telefonou, numa hora em que o marido convenientemente não estava, para saber dela o que havia, afinal: achara a conversa assim um tanto quanto...

— Eu lhe explico tudo — prometeu ela.

Marcaram um encontro para aquela mesma tarde, a fim de que ela lhe explicasse tudo. E antes de sair, ao se pentear diante do espelho, notou que a expressão surpreendida pelo marido em seu rosto já não lhe parecia tão estranha, como se agora fizesse parte da sua natureza: não apenas um sorriso diferente, mas, a ele acrescentado por antecipação, um ar de indefinível volúpia.

FUGA

MAL O PAI COLOCOU o papel na máquina, o menino começou a empurrar uma cadeira pela sala, fazendo um barulho infernal.

— Para com esse barulho, meu filho — falou, sem se voltar.

Com 3 anos, já sabia reagir como homem ao impacto das grandes injustiças paternas: não estava fazendo barulho, estava só empurrando uma cadeira.

— Pois então para de empurrar a cadeira.

— Eu vou embora — foi a resposta.

Distraído, o pai não reparou que ele juntava ação às palavras, no ato de juntar do chão suas coisinhas, enrolando-as num pedaço de pano. Era a sua bagagem: um caminhão de plástico com apenas três rodas, um resto de biscoito, uma chave (onde diabo meteram a chave da despensa? — a mãe mais tarde irá dizer), metade de uma tesourinha enferrujada, sua única arma para a grande aventura, um botão amarrado num barbante.

A calma que baixou então na sala era vagamente inquietante. De repente, o pai olhou ao redor e não viu o menino. Deu com a porta da rua aberta, correu até o portão:

— Viu um menino saindo desta casa? — gritou para o operário que descansava diante da obra, do outro lado da rua, sentado no meio-fio.

— Saiu agora mesmo com uma trouxinha — informou o outro.

Correu até a esquina e teve tempo de vê-lo ao longe, caminhando cabisbaixo ao longo do muro. A trouxa, arrastada no chão, ia deixando pelo caminho alguns de seus pertences: o botão, o pedaço de biscoito e — saíra de casa prevenido — uma moeda de 1 cruzeiro. Chamou-o, mas ele apertou o passinho e abriu a correr em direção à avenida, como disposto a atirar-se diante do ônibus que surgia a distância.

— Meu filho, cuidado!

O ônibus deu uma freada brusca, uma guinada para a esquerda, os pneus cantaram no asfalto. O menino, assustado, arrepiou carreira. O pai precipitou-se e o arrebanhou com o braço como a um animalzinho:

— Que susto você me passou, meu filho — e apertava-o contra o peito, comovido.

— Deixa eu descer, papai. Você está me machucando.

Irresoluto, o pai pensava agora se não seria o caso de lhe dar umas palmadas:

— Machucando, é? Fazer uma coisa dessas com seu pai.

— Me larga. Eu quero ir embora.

Trouxe-o para casa e o largou novamente na sala — tendo antes o cuidado de fechar a porta da rua e retirar a chave, como ele fizera com a da despensa.

— Fique aí quietinho, está ouvindo? Papai está trabalhando.

— Fico, mas vou empurrar esta cadeira.

E o barulho recomeçou.

O HEMISTÍQUIO

QUANDO ELE ERA ESTUDANTE, pensava que sabia inglês, como geralmente acontece. Vivia às voltas com autores ingleses, que tomava de empréstimo numa biblioteca.

Um dia se enfiou destemidamente pela poesia. Pelo menos apareceu na faculdade com um volume de Byron debaixo do braço. Não tinha a menor intenção de humilhar os colegas, mas tão somente a de ficar lendo o tempo todo, com aquela voracidade da juventude, que não busca propriamente entender o que lê, e sim a satisfação de já ter lido. Não deixou, porém, de impressionar a patuleia ignara:

— Ele tá lendo Byron no original.

Alheio ao sucesso que causava, passou de Byron a Shelley, deste a Keats, e tanto bastou para que se visse cercado de prestígio e admiração:

— Conhece poesia pra burro.

— Literatura inglesa é com ele.

Acabou se tornando uma espécie de mentor da ala intelectual dos moços, oráculo da cultura europeia, o Britânico. Em torno dele vicejava a fina flor da estudantada, vivendo das migalhas que tombavam de sua erudição:

— Keats se deixou devorar pelo romantismo.

— Teria sido Bacon o autor das peças de Shakespeare?

— *To be or not to be, that is the question.*

Mas o Britânico não era o único a imperar. À frente de outra ala, a nacionalista, pontificava um bardo de alto coturno, condoreiro, telúrico e descabelado, Castro Alves redivivo e autor de um famoso verso que falava no patriotismo de rubra flama, rimando com o som troante do canhão que rebrama. Em torno do beletrista auriverde também se aglutinava uma confraria de admiradores, inspirados nas mais genuínas fontes da poesia pátria.

O Britânico torcia-lhe o nariz:

— Nunca ouviu falar em Marlowe.

O Bardo, por sua vez, procurava avacalhá-lo:

— Intelectual de gabinete. Qualquer cantador do Nordeste tem mais inspiração.

E as duas correntes se hostilizavam. Um dia, porém, deu-se o imprevisto: num transbordamento de entusiasmo criador, o Bardo não se conteve e de surpresa levou ao Britânico a última produção de sua lavra:

— Dá uma olhada nisso aí, me diga o que você acha.

O que pretendia ser apenas um gesto de superior condescendência para com a cultura europeia de súbito pareceu aos outros completa rendição do gênio pátrio. Era a poesia nacional que se curvava ao beneplácito da crítica alienígena.

As coisas ficaram malparadas para o Bardo: o Britânico é que assumiu um ar condescendente e se pôs a ler a versalhada, sob a expectativa dos demais. Enquanto lia, pensava apenas no que dizer, e acabou optando pela força mais expressiva de um britânico laconismo:

— É bom, no gênero.

E devolveu ao Bardo seu poemaço.

Mas um dos que lhe reconheciam as glórias da superioridade cultural, tendo lido também, por cima de seu ombro, ousou estranhar:

— Você achou isso bom?

— Bem, não é nenhuma obra-prima — tornou o Britânico, cauteloso: — Mas, no gênero... A écloga, você sabe...

— E o hemistíquio?

— O quê?

— O hemistíquio — o outro repetiu, em tom de desafio. E apontou os versos, insistindo com intensidade: — O que é que você me diz do hemistíquio?

O Bardo arregalou os olhos, observando um e outro. Em redor se fez silêncio e todos aguardavam, compenetrados.

— O hemistíquio — repetiu o Britânico, com um gesto evasivo: — O que é que tem o hemistíquio?

Precisava ganhar tempo para descobrir que diabo era aquilo. Mas o outro não deixava por menos:

— Eu quero saber o que você achou do hemistíquio.

— Ora, o hemistíquio é isso mesmo...

— Isso mesmo o quê?

O Britânico relanceou os olhos em torno, sentindo-se perdido:

— É isso mesmo — repetiu.

— Isso o quê? — os demais perguntavam agora, já irônicos. — Vai ver que ele não sabe o que é hemistíquio.

Ninguém sabia. O Bardo muito menos:

— Qual é, ô cara? Não quer falar? Me mostra que bicho é esse. O que é hemistíquio?

137

Um dicionário, meu Deus, tão fácil, um dicionário! Ele sabia o que queria dizer plebiscito.

— Ora... — resmungou, britanicamente aborrecido, e foi tratando de abrir caminho para a mais inglória das retiradas.

Os outros não perdoaram:

— Se não sabe diga logo.

— Não foge não. Ensina pra gente.

Fugiu, desavergonhadamente. Seu prestígio foi por água abaixo: desde esse dia, deixou de ser o Britânico, passou a ser conhecido como o Hemistíquio.

MACACOS ME MORDAM

MORADOR DE UMA CIDADE DO INTERIOR de Minas me deu conhecimento do fato: diz ele que há tempos um cientista local passou telegrama para outro cientista, amigo seu, residente em Manaus:

Favor providenciar remessa 1 ou 2 macacos.

Precisava fazer algumas inoculações em macaco, animal difícil de ser encontrado na localidade. Um belo dia, já esquecido da encomenda, recebeu resposta:

Providenciada remessa 60 restante seguirá oportunamente.

Não entendeu bem: o amigo lhe arranjara apenas um macaco, por 60 mil cruzeiros? Ficou aguardando, e só foi entender quando o chefe da estação veio lhe comunicar:

— Professor, chegou sua encomenda. Aqui está o conhecimento para o senhor assinar. Foi preciso trem especial.

E acrescentou:

— É macaco que não acaba mais!

Ficou aterrado: o telégrafo errara ao transmitir "1 ou 2 macacos", transmitira "102 macacos"! E na estação, para começar, nada menos que 60 macacos engaiolados aguardavam desembaraço. Telegrafou imediatamente ao amigo:

Pelo amor Santa Maria Virgem suspenda remessa restante.

Foi imediatamente para a estação. A população local, surpreendida pelo acontecimento, já se concentrava ali, curiosa, entusiasmada, apreensiva:

— O que será que o professor pretende com tanto macaco?

E a macacada, impaciente e faminta, aguardava destino, empilhada em gaiolas na plataforma da estação, divertindo a todos com suas macaquices. O professor não teve coragem de se aproximar: fugiu correndo, foi se esconder no fundo de sua casa. À noite, porém, o agente da estação veio desentocá-lo:

— Professor, pelo amor de Deus vem dar um jeito naquilo.

O professor pediu tempo para pensar. O homem coçava a cabeça, perplexo:

— Professor, nós todos temos muita estima e muito respeito pelo senhor, mas tenha paciência: se o senhor não der um jeito eu vou mandar trazer a macacada para sua casa.

— Para minha casa? Você está maluco?

O impasse prolongou-se ao longo de todo o dia seguinte. Na cidade não se comentava outra coisa, e os ditos espirituosos circulavam:

— Macacos me mordam!

— Macaco, olha o teu rabo.

À noite, como o professor não se mexesse, o chefe da estação convocou as pessoas gradas do lugar: o prefeito, o delegado, o juiz.

— Mandar de volta por conta da Prefeitura?

— A Prefeitura não tem dinheiro para gastar com macacos.

— O professor muito menos.

— Já estão famintos, não sei o que fazer.

— Matar? Mas isso seria uma carnificina!

— Nada disso — ponderou o delegado: — Dizem que macaco guisado é um bom prato...

AO FIM DO SEGUNDO dia, o agente da estação, por conta própria, não tendo outra alternativa, apelou para o último recurso — o trágico, o espantoso recurso da pátria em perigo: soltar os macacos. E como os habitantes de Leide durante o cerco espanhol, soltando os diques do Mar do Norte para salvar a honra da Holanda, mandou soltar os macacos. E os macacos foram soltos! E o Mar do Norte, alegre e sinistro, saltou para a terra com a braveza dos touros que saltam para a arena quando se lhes abre o curral — ou como macacos saltam para a cidade quando se lhes abre a gaiola. Porque a macacada, alegre e sinistra, imediatamente invadiu a cidade em pânico. Naquela noite ninguém teve sossego. Quando a mocinha distraída se despia para dormir, um macaco estendeu o braço da janela e arrebatou-lhe a camisola. No botequim, os fregueses da cerveja habitual deram com seu lugar ocupado por macacos. A bilheteira do cinema, horrorizada, desmaiara, ante o braço cabeludo que se estendeu através das grades para adquirir um ingresso. A partida de sinuca foi interrompida porque de súbito despregou-se do teto no pano verde um macaco e fugiu com a bola sete. Ai de quem descascasse preguiçosamente uma banana! Antes de levá-la à boca, um braço de macaco saído não se sabia de onde a surrupiava. No barbeiro, houve um momento em que não restava uma só cadeira vaga: todas ocupadas com macacos. E houve também o célebre macaco em casa de louças, nem um só pires restou intacto. A noite passou assim, em polvorosa. Caçadores improvisados se dispuseram a acabar com a praga — e mais de um esquivo noctívago correu risco de levar um tiro nas suas esquivanças, confundido com macaco dentro da noite.

NO DIA SEGUINTE a situação perdurava: não houve aula na escola pública, porque os macacos foram os primeiros a chegar. O sino da igreja badalava freneticamente desde cedo, apinhado de macacos, ainda que o vigário houvesse por bem suspender a missa naquela manhã, porque havia macaco escondido até na sacristia.

Depois, com o correr dos dias e dos macacos, eles foram escasseando. Alguns morreram de fome ou caçados implacavelmente. Outros fugiram para a floresta, outros acabaram mesmo comidos ao jantar, guisados como sugerira o delegado, nas mesas mais pobres. Um ou outro surgia ainda de vez em quando num telhado, esquálido, assustado, com bandeirinha branca pedindo paz à molecada que o perseguia com pedras. Durante muito tempo, porém, sua presença perturbadora pairou no ar da cidade. O professor não chegou a servir-se de nenhum para suas experiências. Caíra doente, nunca mais pusera os pés na rua, embora durante algum tempo muitos insistissem em visitá-lo pela janela.

142

Vai um dia, a cidade já em paz, o professor recebe outro telegrama de seu amigo em Manaus:

Seguiu resto encomenda.

Não teve dúvidas: assim mesmo doente, saiu de casa imediatamente, direto para a estação, abandonou a cidade para sempre, e nunca mais se ouviu falar nele.

BOTANDO PRA QUEBRAR

DONA NENÉM VIU O ANÚNCIO na televisão e se entusiasmou: duro na queda, cai sem quebrar. Não era de hoje que esse problema vinha infernizando a sua vida doméstica: pratos trincados, xícaras sem pires, sopeiras sem tampas, peças desfalcadas inutilizando o jogo inteiro. Ela própria sendo a principal desastrada, ao ensinar a nova cozinheira como lavar a louça sem quebrar uma só peça, acabava quebrando duas.

Agora vinha aquela novidade: a louça inquebrável. Só que desta vez não era pirex, nem plástico: tinha todo o aspecto de louça de verdade.

— O senhor garante que não quebra mesmo? — perguntou no supermercado, diante da novidade em exibição na prateleira.

O empregado lhe estendeu um prato com um sorriso superior:

— Se não acredita, pode experimentar.

Dona Neném é dessas que pagam para ver: atirou no chão o prato e o prato se espatifou em mil pedaços. O homem tentou recolher o sorriso agora desapontado:

— É porque bateu de quina.

— Posso experimentar outro?

Dona Neném pegou outro prato e jogou no chão, com o mesmo resultado. O homem coçava a cabeça com ar de parvo:

— Não sei como explicar...

145

— Este não bateu de quina.

— Devia estar com defeito.

Um senhor gordo, que se detivera para assistir à cena, afastou polidamente o empregado com o braço e se adiantou, ar suficiente:

— Não quebram mesmo, eu conheço o produto. É que a senhora jogou assim... — pegou um prato e ergueu-o no ar como se fosse atirá-lo com força: — Ao passo que a senhora devia ter deixado cair assim.

Deixou delicadamente que o prato se escapasse de suas mãos. Ao bater no chão, o prato se espatifou.

— Então está bem, estou satisfeita — disse dona Neném e foi saindo.

— Espere! — saltou o homem do supermercado, ferido nos seus brios: — Eu asseguro à senhora que não quebra mesmo, quer ver?

Deixou cair um prato, que saiu saltitando pelo chão, sem se quebrar.

— Eu não disse? — tornou ele, mostrando os dentes, vitorioso: — É questão de jeito. Uma simples questão de jeito.

— Uma simples questão de jeito — repetiu ela: — Quer dizer que para não quebrar é preciso deixar cair com jeito.

— É isso mesmo! — desafiou uma mulherzinha que se detivera junto a eles, interessada: — Com ele não quebra, mas com a gente quebra.

— Então experimente a senhora — e o homem lhe estendeu um prato.

— Prefiro a sopeira, se o senhor não se incomoda.

Esta tinha cara de uma grande quebradora de louça. Pegou a sopeira e deixou cair: caco para todo lado. Estimulada pelo exemplo, uma menina desgarrou-se da mãe, passou a mão numas xícaras e atirou ao chão. Quebraram-se todas. O senhor gordo chamou-lhe a atenção:

— Assim não, minha filha. Tem de deixar cair.

Pegou uma pilha de pires e deixou cair. O chão se cobria de cacos de louça. A menina, entusiasmada, se servia na prateleira, atirando ao chão tudo que suas mãos alcançavam. A mulherzinha completou a obra largando no ar, delicadamente como queria o outro, a tampa da sopeira que lhe ficara nas mãos.

— Parem! Parem! — pedia o homem, desesperado: — Assim vocês me quebram a louça inteira! Alguém vai ter que pagar por isso.

Voltou-se para dona Neném, ameaçador:

— A senhora vai ter que pagar. Foi quem começou.

— Pagar, eu? Tinha graça! Devagar com a louça! Não é inquebrável? — e dona Neném botou pra quebrar, reduzindo a pedaços as últimas peças que restavam em exibição.

A essa altura a confusão já se generalizava e o gerente acorria, mobilizando os guardas de segurança da casa:

— Que está acontecendo? Que loucura é essa?

O empregado tentava se explicar, nervoso, até que o gerente o fez calar-se, botando também pra quebrar:

— Seu idiota! Cretino! Imbecil! — e apontou outra prateleira de louças: — A inquebrável é aquela! Quem vai ter que pagar é você. E está despedido.

Voltou-se para os fregueses, procurando se conter:

— Desculpem, ele é novo na casa... A louça não é esta, é aquela ali. São realmente inquebráveis, venham ver.

Dona Neném se adiantou, interessada:

— Posso experimentar?

Sem esperar resposta, pegou um dos pratos realmente inquebráveis e deixou cair. O prato esfarelou-se no chão.

NO QUARTO DA VALDIRENE

MAL ELE ENTROU EM CASA, a mulher o tomou pelas mãos, ansiosa:

— Estava aflita para você chegar.

E sussurrou, apontando dramaticamente para os lados da cozinha:

— Tem um homem no quarto da Valdirene.

Sacudiu a cabeça com irritação:

— Desde o primeiro dia eu achei que essa menina não era boa coisa. Ela nunca me enganou.

Valdirene, a jovem empregada, uma mulata de olhos grandes, não faria feio num palco.

— Como é que você sabe? — perguntou ele, para ganhar tempo. Não partilhava da opinião da mulher: desde o primeiro dia achou que a Valdirene era ótima.

— Sei porque vi. Escutei um ruído qualquer aí fora no corredor, olhei pelo olho mágico, e vi quando ela punha ele para dentro pela porta de serviço.

— Ele quem?

— O homem. Não sei quem é, só sei que é um homem. Deve ser o namorado dela, ou o amante, tanto faz. O certo é que os dois estão trancados lá no quarto faz um tempão.

— Vai ver que já saiu.

— Não saiu não, que eu não sou boba, fiquei de olho. Está lá dentro com ela até agora.

— E o que você quer que eu faça?

— Quero que ponha ele pra fora, essa é boa.

— Por quê?

Ela botou as mãos na cintura:

— Por quê? Você ainda pergunta por quê? Então tem cabimento a gente deixar que a empregada receba homens no quarto dela? O que é que essa menina está pensando que minha casa é? Um motel? Se você não for lá, eu mesma vou.

— Espera aí, vamos com calma, mulher. Você tem razão, mas deixa a gente raciocinar um pouco. Não podemos é perder a cabeça. Pode ser perigoso. Como é que ele é?

— Não cheguei a ver direito. Só vi que era um homem. Pra mim, basta.

— Não posso ir lá no quarto dela sem mais nem menos. Quem sabe é algum parente? Um irmão, talvez...

— Um irmão, talvez... Você tem cada uma! Pior ainda: que é que um irmão tem de ficar fazendo trancado no quarto com a irmã como eles dois estão? Você tem de pôr esse homem pra fora.

— E se estiver armado? Ele pode muito bem estar armado.

— Já que você está com medo...

— Não estou com medo. Só que temos de agir com calma. Vamos ver como a gente sai dessa. Deixa comigo.

Ele respirou fundo e se meteu pela cozinha, ganhou a área de serviço, ficou à escuta. Nada, tudo quieto e às escuras no quarto de Valdirene. Bateu de leve na porta:

— Valdirene.

Via-se pelas frestas da veneziana na própria porta que o quarto continuava no escuro. Ele bateu de novo:

150

— Valdirene, está me ouvindo? Valdirene!

Escutou alguém se mexendo lá dentro e a voz estremunhada da moça:

— Senhor?

— Tem alguém com você aí dentro, Valdirene?

— Tem não senhor.

— Abra um instante, por favor.

Em pouco ela abria a porta, furtivamente, e o encarava sem piscar. Vestia um baby-doll pequenino e transparente que, sob a luz mortiça vinda da área, deixava quase todo seu corpo à mostra.

— Acenda essa luz, minha filha.

Mais para vê-la melhor do que para olhar o quarto, pois mesmo no escuro podia-se verificar que ali dentro não havia mais ninguém. Luz acesa, ela se protegia discretamente com os braços, enquanto ele dava uma olhada rápida por cima do seu ombro:

— Tudo bem. Desculpe o incômodo. Boa-noite.

Voltou para a sala, onde a mulher o aguardava, tensa de expectativa.

— E então?

— Não tem ninguém.

— Como não tem ninguém? Pois se eu vi o homem entrando!

— Se viu entrando, não viu saindo. O certo é que não tem ninguém no quarto da Valdirene, além dela própria. Vamos dormir.

— Como é que eu posso ir dormir sabendo que tem um estranho dentro de casa? Você vai voltar lá e olhar direito.

— Eu olhei direito. Se não acredita, vai lá e olha você.

— Quem é o homem nesta casa? Se você não for olhar eu não fico aqui dentro nem mais um minuto. Vou direto à polícia.

Ele ergueu os braços e os deixou cair, com um suspiro resignado:

— Essa mulher, meu Deus. Agora é você que está com medo. Direto à polícia. Como se fosse um crime... Tudo bem, eu vou lá olhar direito.

Voltou a bater na porta da empregada:

— Valdirene.

Desta vez ela respondeu logo:

— Senhor?

— Abra aí um instante, por favor.

— Sim senhor.

Ela abriu e foi logo acendendo a luz. Estimulado pela nova oportunidade de vê-la tão de perto, ele perdeu a cerimônia e entrou no quarto. Sempre de olho nela e ouvido atento à mulher lá na sala. Ali dentro só cabia a cama e o armariozinho com uma cortina, atrás da qual ninguém poderia se esconder. Ainda assim ergueu o pano para se certificar. Satisfeito, voltou-se para a moça que, ao sentir seus olhos tão próximos, abaixara modestamente os dela:

— Desculpe, minha filha. É que minha mulher, você sabe, quando ela cisma uma coisa... Mas pode dormir sossegada. Boa-noite.

Na sala, a mulher voltou a questioná-lo:

— Você olhou direito desta vez?

— Não há como olhar errado. Um quarto deste tamaninho! Olhei o que tinha para olhar: a Valdirene e a cama.

— A Valdirene e a cama? O que você quer dizer com isso?

— Não quero dizer coisa nenhuma. Só que ali dentro não cabe mais nada além da Valdirene e da cama.

— Não é isso que parece estar insinuando, com essa sua cara de cínico.

152

— Que cara de cínico? Você é que insinuou que tinha um homem lá dentro, não fui eu. Não me admiraria nada. Mas acontece que não tem. Só faltou olhar debaixo da cama.

— Não admiraria nada — ela o imitou, com um trejeito. E ordenou, braço estendido: — Pois então vai olhar debaixo da cama.

— Essa não! — relutou ele: — Já disse que não cabe ninguém... Mas acabou indo. Pobre da menina, de novo importunada:

— Me desculpe, Valdirene, mas é preciso que você abra aí outra vez.

Ela acendeu a luz, abriu a porta e deu-lhe passagem. Seus olhos o acompanharam impassíveis, quando ele entrou e se agachou para olhar debaixo da cama. De quatro, sentindo-se ridículo naquela postura, ele baixou a cabeça até que a ponta do queixo tocasse o chão, e enfiou-a sob o estrado. Seu nariz esbarrou de cheio em algo branco e macio — era nada menos que o traseiro de um homem.

— Oi — assustou-se, recuando.

— Oi — fez o homem, como um eco, encolhendo-se ainda mais.

Ele se ergueu, perturbado, limpou a garganta, procurando dar firmeza à voz:

— O senhor tem um minuto para sair deste quarto.

Um último olhar para Valdirene, como a dizer que sentia muito, mas não podia deixar de cumprir o seu dever, e foi ter com a mulher na sala:

— Tinha sim. Tinha um homem debaixo da cama. Está satisfeita?

— Eu não disse? E o que é que você fez?

— Mandei que ele se pusesse pra fora. É o tempo de se vestir.

— Meu Deus, ele estava nu?

— Que é que você queria? Não sei é como ele pôde caber ali debaixo. Imagino o susto dele. E o da Valdirene, coitadinha.

No dia seguinte, mal amanheceu, ela despedia a Valdirene, coitadinha.

A MULHER DO VIZINHO

NA RUA ONDE MORA (ou morava) um conhecido e antipático general do nosso exército, morava (ou mora) também um sueco cujos filhos passavam o dia jogando futebol com bola de meia.

Ora, às vezes acontecia cair a bola no carro do general e um dia o general acabou perdendo a paciência, pediu ao delegado do bairro para dar um jeito nos filhos do vizinho.

O delegado resolveu passar uma chamada no homem e intimou-o a comparecer à delegacia.

O sueco era tímido, meio descuidado no vestir e pelo aspecto não parecia ser um importante industrial, dono de grande fábrica de papel (ou coisa parecida), que realmente ele o era. Obedecendo à intimação recebida, compareceu em companhia da mulher à delegacia e ouviu calado tudo o que o delegado tinha a lhe dizer. O delegado tinha a lhe dizer o seguinte:

— O senhor pensa que só porque o deixaram morar neste país pode logo ir fazendo o que quer? Nunca ouviu falar num troço chamado *autoridades constituídas*? Não sabe que tem de conhecer as leis do país? Não sabe que existe uma coisa chamada Exército Brasileiro, que o senhor tem de respeitar? Que negócio é esse? Então é ir chegando assim sem mais nem menos e fazendo o que bem entende, como se isso aqui fosse a casa da sogra? Eu ensino o senhor a cumprir a lei, ali no duro: "dura lex"! Seus filhos são uns moleques e outra vez que eu souber que andaram incomodando o general, vai tudo em cana. Morou? Sei como tratar gringos feito o senhor.

Tudo isso com voz pausada, reclinado para trás, sob o olhar de aprovação do escrivão a um canto. O vizinho do general pediu, com delicadeza, licença para se retirar. Foi então que a mulher do vizinho do general interveio:

— Era tudo que o senhor tinha a dizer a meu marido?

O delegado apenas olhou-a, espantado com o atrevimento.

— Pois então fique sabendo que eu também sei tratar tipos como o senhor. Meu marido não é gringo nem meus filhos são moleques. Se por acaso importunaram o general, ele que viesse falar comigo, pois o senhor também está nos importunando. E fique sabendo que sou brasileira, sou prima de um major do Exército, sobrinha de um coronel, e *filha de um general*! Morou?

Estarrecido, o delegado só teve força para engolir em seco e balbuciar humildemente:

— Da ativa, minha senhora?

E, ante a confirmação, voltou-se para o escrivão, erguendo os braços, desalentado:

— Da ativa, Motinha. Sai dessa.

HORA DE DORMIR

— POR QUE NÃO POSSO ficar vendo televisão?
— Porque você tem de dormir.
— Por quê?
— Porque está na hora, ora essa.
— Hora essa?
— Além do mais, isso não é programa para menino.
— Por quê?
— Porque é assunto de gente grande, que você não entende.
— Estou entendendo tudo.
— Mas não serve para você. É impróprio.
— Vai ter mulher pelada?
— Que bobagem é essa? Ande, vá dormir que você tem colégio amanhã cedo.
— Todo dia eu tenho.
— Está bem, todo dia você tem. Agora desligue isso e vá dormir.
— Espera um pouquinho.
— Não espero não.
— Você vai ficar aí vendo e eu não vou.
— Fico vendo não, pode desligar. Tenho horror de televisão. Vamos, obedeça a seu pai.
— Os outros meninos todos dormem tarde, só eu que durmo cedo.

— Não tenho nada que ver com os outros meninos: tenho que ver com meu filho. Já para a cama.

— Também eu vou para a cama e não durmo, pronto. Fico acordado a noite toda.

— Não comece com coisa não, que eu perco a paciência.

— Pode perder.

— Deixe de ser malcriado.

— Você mesmo que me criou.

— O quê? Isso é maneira de falar com seu pai?

— Falo como quiser, pronto.

— Não fique respondendo não: cale essa boca.

— Não calo. A boca é minha.

— Olha que eu ponho de castigo.

— Pode pôr.

— Venha cá! Se der mais um pio, vai levar umas palmadas.

— ...

— Quem é que anda lhe ensinando esses modos? Você está ficando é muito insolente.

— Ficando o quê?

— Atrevido, malcriado. Eu com sua idade já sabia obedecer. Quando é que eu teria coragem de responder a meu pai como você faz. Ele me descia o braço, não tinha conversa. Eu porque sou muito mole, você fica abusando... Quando ele falava está na hora de dormir, estava na hora de dormir.

— Naquele tempo não tinha televisão.

— Mas tinha outras coisas.

— Que outras coisas?

— Ora, deixe de conversa. Vamos desligar esse negócio. Pronto, acabou-se. Agora é tratar de dormir.

— Chato.

— Como? Repete, para você ver o que acontece.

— Chato.

— Tome, para você aprender. E amanhã fica de castigo, está ouvindo? Para aprender a ter respeito a seu pai.

— ...

— E não adianta ficar aí chorando feito bobo. Venha cá.

— Amanhã eu não vou ao colégio.

— Vai sim senhor. E não adianta ficar fazendo essa carinha, não pense que me comove. Anda, venha cá.

— Você me bateu...

— Bati porque você mereceu. Já acabou, pare de chorar. Foi de leve, não doeu nem nada. Peça perdão a seu pai e vá dormir.

— ...

— Por que você é assim, meu filho? Só para me aborrecer. Sou tão bom para você, você não reconhece. Faço tudo que você me pede, os maiores sacrifícios. Todo dia trago para você uma coisa da rua. Trabalho o dia todo por sua causa mesmo, e quando chego em casa para descansar um pouco, você vem com essas coisas. Então é assim que se faz?

— ...

— Então você não tem pena de seu pai? Vamos! Tome a bênção e vá dormir.

— Papai.

— Que é?

— Me desculpe.

— Está desculpado. Deus o abençoe. Agora vai.

— Por que não posso ficar vendo televisão?

O CANTO DO GALO

ERA UM HOMEM QUE apanhava de mulher. Todo mundo na cidade sabia disso. Desde que se casara vinha levando surras diárias, e ao menor propósito: Isto é hora de chegar da rua? Que é que você está me olhando? Andou bebendo outra vez? E tome pescoção. Ao fim, já não havia propósito algum: era ir chegando e apanhando. Poderia reagir, se quisesse, a mulher era mais fraca do que ele. Em vez disso, limitava-se a defender a cabeça com os braços: Que é isso, mulher? Você perdeu o juízo, mulher. Os vizinhos podem ouvir. Desde que se casara, isto é, para mais de nove anos. É lógico que os vizinhos ouviam, quase que participavam daquela cena diária: às vezes os mais curiosos vinham até espiar pelas janelas da rua, que eram baixas.

Com o tempo, o pobre deu mesmo para beber, e ficava sentado no botequim toda tarde, se lamuriando com os raros amigos que ainda se dignavam de acercar-se dele. Isso é uma vergonha, José, você não pode continuar assim. Mas o que é que você quer que eu faça? Minha mulher é uma fera. Experimente desacatá-la, para você ver só. O mais engraçado é que com os outros a mulher não era fera nenhuma, tratava todo mundo com delicadeza e educação — mas ninguém ousava perguntar por que diabo maltratava tanto seu desgraçado marido. Tem gente que gosta de apanhar — era o que os outros diziam, finalmente se afastando dele, dando-lhe as costas, indo fazer roda noutra mesa. E lá ficava ele, bebendo sozinho. Também, bebendo assim, não há mulher que aguente. Mas meu filho, ele bebe justamente por causa da mulher! E os mais experientes sacudiam a cabeça: uma vergonha. Isso não é homem. Comigo não tinha disso não.

Durante mais de nove anos a fio. O homem já estava um trapo de tanto beber e apanhar. No serviço zombavam dele, acabou deixando também de trabalhar. Pois se a mulher quer bater mesmo, motivo é que não há de faltar: andava malvestido, barba por fazer, sempre bebendo ou sempre cheirando a cachaça e retardando o quanto podia a hora de ir para casa. Mas acabava tendo de ir, não ia dormir na rua. E era só bater na porta, a mulher o arrastava para dentro, aos empurrões, só fazia dizer meu Deus do céu, que é que eu fiz, mulher, para você me tratar dessa maneira, e ia chorar na cama, que é lugar quente.

Vai um dia os conhecidos estranharam a sua ausência no botequim da esquina. Era sempre o último abrigo que o acolhia, na ronda de outros botequins, antes de ir para casa enfrentar a megera. Será que caiu por aí na sarjeta já bêbado, hoje não aguentou nem chegar até aqui? Ou a mulher já deu para vir buscá-lo na rua, tangendo-o para casa a vassouradas, como um boi para o matadouro? Nada disso, lá vem ele ali na esquina, e que é que houve? Hoje está bem composto, os cabelos penteados, barba feita e anda a passos firmes, nem parece o mesmo. Que houve com você, José? Todos se acercaram, quando ele se senta na mesa e pede uma talagada de cachaça. Que é que houve? Nunca me viram? E despachou os outros com um gesto, voltou-se, cruzou as pernas e ficou olhando a rua e fazendo hora, impassível. Quando a hora chegou, virou a cachaça de uma só vez, enxugou a boca com a manga do paletó e levantou-se: é hoje. Os outros, assombrados, foram seguindo rua abaixo atrás dele, que foi que houve? É o José, deu nele uma coisa, não bebeu quase nada, está todo bonitão com olhos brilhando que só vendo, hoje vai ter. E foram seguindo, os do bilhar nem tiveram tempo de largar o taco, também queriam ver o que havia com o José. E a turba foi se engrossando, praticamente a cidade inteira viera para a rua: alastrara-se a notícia de que o José naquele dia parecia disposto a acabar com a raça da mulher e todos queriam ver.

José atravessou a rua, subiu os três degraus de cimento de sua casa, e antes de bater na porta (havia muito a mulher lhe tomara a chave) olhou no relógio para se certificar bem se era mesmo a hora que costumava chegar nos outros dias. Do lado oposto da rua os curiosos se mantinham a precavida distância — podia até sair tiro — mas espichavam os olhos e ouvidos para não perder nada da cena.

José bateu na porta e a mulher veio abrir. Deu com ele ali parado, ereto, bem penteado e barbeado, olhando-a firme nos olhos. Por cima do ombro do marido viu a multidão do outro lado e abriu a boca para perguntar o que significa isso. Mas no que falou a primeira palavra, José ergueu o braço e desferiu-lhe tremendo bofetão na cara, que a projetou dentro de casa como um saco. Ele se adiantou, batendo com uma mão na outra, antes de fechar a porta ainda cumprimentou os circunstantes, dizendo com licença.

E a portas fechadas, começou a exemplar a mulher. Todos se precipitaram para a janela e assistiram, assistiram a tudo de olhos esbugalhados, a mulher gritando que é isto, José! você está maluco, você me mata, que é isso meu maridinho não faz

163

isso comigo não. E o José a cada pescoção só fazia dizer toma, toma, e mais toma, com um ronco de tanta força que empregava, todos chegaram a temer que ele estivesse disposto a matar a mulher a pancadas — o que seria bem feito, concordavam alguns, com entusiasmo, bem feito, é bom para ela aprender que em homem não se deve bater assim porque se for homem mesmo a coisa um dia pega fogo, vocês não estão vendo?

E daquele dia em diante José deixou de apanhar. Parou de beber, passava no botequim só para uma cervejinha, que isso também não faz mal a ninguém, em companhia dos amigos que voltaram a cercá-lo. Passou a ser respeitado por todo mundo, inclusive no emprego — voltou a trabalhar. E principalmente pela mulher, que protestava, gritava, chorava, mas no fundo achava bom e o tratava com carinho, meu José, meu homem, maridinho, meu cigano — e ele sempre a primeira coisa que fazia era ir chegando e descendo o braço na mulher.

OS ABISMOS DO ESQUECIMENTO

A CONVERSA CORRIA AMENA naquela casa, enquanto os três casais tomavam um aperitivo, aguardando o jantar. Foi quando um dos convidados pediu silêncio e comunicou que iria contar um caso sensacional. Exatamente assim:

— Atenção todo mundo, calem a boca que eu vou contar um caso sensacional.

Todo mundo se calou. Ele começou o seu caso dizendo que havia comprado uma filmadora super-8 marca "Canon". O outro convidado encaixou logo um comentário:

— Boa câmera. Mas a melhor é aquela francesa, como é mesmo que se chama?

— Eu sei — tornou o primeiro, aborrecido: — Aliás, é a que eu pretendia comprar, só que não encontrei. Chama-se... Espera que eu já te digo.

Ficaram os dois concentrados, à procura do nome esquecido. As mulheres ameaçaram começar uma conversa à parte, mas foram fulminadas pelo olhar de um deles. Resolveram colaborar, prestimosas:

— Estou com o nome aqui na ponta da língua — disse uma.

— Kodak — disse outra.

— Calem a boca — cortou um dos homens, e voltou-se para o dono da casa: — Você também já andou lidando com super-8, deve saber.

— Estou cansado de saber. Uma câmera francesa. Tem super-8 e tem de 16. Se não me engano, tem até de 35. Só que não consigo me lembrar.

E os três em silêncio, revirando a memória pelo avesso, como se o destino de cada um dependesse daquela palavra perdida. Um deles se dirigiu resolutamente ao telefone e ficou tentando em vão localizar algum amigo que os ajudasse a desencalhar a conversa:

— O Marcos Vasconcelos deve saber.

Dali por diante nada mais conversaram, e o jantar transcorreu em silêncio, entrecortado apenas pelo queixume das mulheres:

— Que coisa mais sem graça...

— Por que vocês não desistem?

— Parecem três idiotas.

O dono da casa, boca aberta e olhos cravados no ar, parecia mesmo um débil mental. Acabou deixando escapar, com voz roufenha:

— Parece com o nome de um escritor francês... Começa com B.

— Balzac! — exclamou, triunfante, uma das mulheres.

Os três homens a olharam, intrigados, como se estivessem diante de um estranho animal. Já não comiam; tendo perdido o apetite, imóveis como estátuas em suas cadeiras, cada um em posição mais extravagante que a do outro, pareciam siderados pela angustiosa busca nos abismos do esquecimento. A certa altura um deles levou lentamente as duas mãos à cabeça e saiu caminhando como se carregasse uma abóbora, foi trancar-se no banheiro. Molhou o rosto, e olhou-se ao espelho, enquanto forçava a memória como se quisesse expelir da mente um corpo estranho. Soltou um suspiro de desistência e simultaneamente viu seu rosto iluminar-se num sorriso: acabava de surpreender a palavra passando fugaz pelo fundo da memória, por pouco não a segurou pelo rabo como a uma lagartixa. Só ficou na lembrança uma sílaba:

— Bô... Bô...

Saiu do banheiro às pressas, para comunicar aos outros dois:

— Bô! Bô! Bô! — repetia, a instigá-los, sacudindo os punhos cerrados no ar: — Começa com bô!

— Isto! Isto! — saltou um deles, excitado.

— Boileau? — arriscou-se o outro.

— Quase! Boileau é o escritor francês.

Deixou-se cair na cadeira, exausto. De súbito se abriu num sorriso beatífico e os outros dois viram sair de sua boca, como numa história em quadrinhos, um balãozinho com a palavra procurada, em letras de ar. Saltaram sobre ele:

— Fala! Fala!

Ele pediu calma com as mãos espalmadas para a frente, respirou fundo, limpou a garganta e falou de mansinho:

— Beaulieu...

Sentiu como se tivesse feito um gol, saudado num só grito pelos outros dois.

Serenados os ânimos, pediram ao dono da câmera que contasse enfim o seu caso sensacional. Mas ele confessou que não podia: havia se esquecido.

A PRIMEIRA VALSA

NA HORA DE DAR O LAÇO na gravata, ele começou a fazer caretas em frente ao espelho:

— Não quero me irritar — ordenou a si mesmo, categórico.

Havia muito tempo que não se vestia a rigor, sentia-se desajeitado dentro do smoking.

— Não tenho jeito para essas coisas — resmungou.

Ainda bem que não se usava mais aquele colarinho duro de antigamente, com um botão pontiagudo que era de ouro mas deixava azinhavre no pescoço: de súbito o colarinho saltava como num filme de Carlito. Hoje em dia usa-se camisa comum, gravata de laço feito. Grande invenção, devia ter comprado uma.

— Estamos atrasados, minha filha?

A jovem se acomodou a seu lado no carro, envolta no primeiro vestido de baile, radiante e emocionada como uma noiva. Tinham de chegar mais cedo por causa dos retratos de formatura.

Várias moças já se espalhavam pelo salão, nos seus vestidos de cisne, em companhia dos pais. O fotógrafo, cumprida a maior parte de sua tarefa, abordou os recém-chegados:

— Fiquem aqui, por favor. Assim. O senhor também: um pouco para trás.

Mais essa: devia ter escanhoado a barba. Era um retrato seu que ela guardaria para sempre.

Aquiesceu, formalizado como um menino. Pai e filha se imobilizaram, já com ar de retrato antigo, o fotógrafo veio ainda ajeitar o rosto dela, um pouco de lado, e o dele, erguendo a cabeça pelo queixo:

— Isso! Agora um sorriso. Ótimo. Uma dúzia? Fica mais em conta.

O que lhe sobrava no bolso daria para tomar um uísque ali na mesa do bar, enquanto aguardava o momento da primeira valsa.

Muito mais solene do que imaginara. As diplomandas, eretas e contidas no branco dos vestidos, subiam em bando, num andar cuidadoso como se pisassem em ovos, e ficavam lá em cima no balcão nobre. Pais e mães aqui embaixo esperando, sorriso contrafeito, solenemente agrupados. Ao redor, os jovens — irmãos, noivos, namorados — também entalados em seus smokings, aguardavam, excitados, simulando displicência. Cada moça era chamada pelo microfone e vinha descendo lentamente, para deter-se à entrada do salão, tensa e palpitante de expectativa. O pai se adiantava, como um fidalgo em festa imperial, num gesto nobre lhe oferecia o braço e trazia-a para o centro, aguardando que a orquestra iniciasse o baile.

Quando chegou a sua vez, ao ver a filha surgir no alto da escada, radiante de juventude, bela como uma gravura antiga, não resistiu e em dois ou três lances de degrau subiu a buscá-la, quebrando o protocolo. Depois de beijá-la na fronte, veio descendo com ela de mãos dadas — o que foi mais tarde festejado com admiração:

— Achei bárbaro, papai: você fez tudo errado.

Durante a valsa, o que antes lhe parecia simples e fácil de súbito se tornou grave e comovente: também estava vivendo um grande momento de sua vida — descobriu então, surpreen-

dido. Ela era a mais linda e inteligente de todas, a sua filha —
procurava com os olhos alguém que os admirasse. Ele era talvez o mais jovem dos pais. Acabou encontrando um pai que
dançava tão mal quanto ele:

— Eu também não sei direito — justificou-se o outro, com
um sorriso contrafeito, disfarçando como ele no meio do salão.

Depois vieram outras valsas, e agora pais e mães dançavam
juntos, as jovens com seus namorados. Sozinho, ele regressou
à sua mesa, pensativo, enquanto a filha se distraía na sua primeira festa. Lembrava-se de outra festa semelhante, anos atrás.
Aborrecido, pediu mais um uísque.

Depois levou-a para casa, exausta de entusiasmo e langor.
Depois foi tomar uma cerveja no botequim da esquina, gravata
já desatada, odiando o smoking encalorado. Depois foi dormir, justificado e feliz.

A VOLTA

A O DOBRAR UMA ESQUINA, esbarrou com um velho amigo, a quem não via desde os tempos de mocidade.

— Mas você!

— Não me diga.

— Quanto tempo, senhor!

Antes que dessem por terminada a efusão do encontro, outro amigo daquele tempo saltou de um ônibus exatamente diante deles. Era muita coincidência. Passado o primeiro instante de perplexidade, vieram os abraços, as indagações, a satisfação de riso fácil, as lembranças misturadas da antiga convivência.

— Mas, positivamente, está pedindo uma celebração.

E os três, confraternizados na alegria do encontro, se encaminharam imediatamente para um bar.

Os outros dois trocavam confidências. Ele se deixou ficar meio à margem, renovando frequentemente o copo, e sorrindo à lembrança de outro tempo, que lhe voltava agora, vagamente melancólica. Quis partir, mas instaram com ele que ficasse:

— Espera aí, ainda nem começamos. Temos muito que conversar.

— A noite é uma criança, mal acaba de nascer.

— Hoje é dia de enchermos a alma até o rabo, como antigamente.

— Vamos em frente! Ou você já deixou que a mulher lhe pusesse o cabresto?

Acabou ficando, e entraram pela noite, passando de um a outro bar. Limitou-se a acompanhá-los, bebendo sempre, no início pouco à vontade, como um intruso a invadir território que já não lhe pertencia.

A horas tantas, quando a conversa de fim de noite já se arrastava, pôs-se a dormir, derreado na cadeira. Chegara a hora da retirada e não houve força humana que o fizesse suster-se sobre as pernas. Os outros dois, um pouco melhorzinhos, se entreolharam:

— Vamos ter de levá-lo.

— Eu por mim ainda tomava mais um.

Carregaram-no aos trambolhões até um táxi e mandaram tocar para a sua casa, de cuja direção ainda se lembravam.

— Até que ele não bebeu tanto assim.

— Você também não está muito bom das pernas.

— A alma vai bem, mas o corpo não ajuda!

— Já fomos melhores, meu velho.

Chegaram. Subiram com dificuldade a escada até a varanda, amparando o amigo, tocaram a campainha. Diante da mulher, a quem provavelmente haviam tirado da cama, esboçaram uma explicação, mas as palavras acudiam difíceis. Ela se limitou a olhá-los, silenciosa. Confiaram-lhe então a sua carga e bateram em retirada, antes que as coisas se complicassem. Ainda tiveram ânimo de tomar um último no botequim da esquina.

Na manhã seguinte, vítima da maior ressaca deste mundo, ele acordou sem saber onde estava. Aquele quarto não lhe era estranho, mas... De súbito, uma voz de mulher, voz que em outro tempo já lhe dissera alguma coisa, sussurrando lá fora, na sala:

— Não faz barulho não, filhinho, que seu pai voltou, esta dormindo aí no quarto.

O LIVRO PERDIDO

— Q UANDO EU ESTAVA NA faculdade, havia lá um velho
professor chamado Spinelli, ele ensinava Direito
Penal. Tinha ideias anarquistas, vivia nos falando no caso Sacco
e Vanzetti.

— Um dia ele me chamou depois da aula e disse: Heitor,
sabe que seu pai foi meu aluno? Bom aluno, por sinal. Empres-
tei-lhe um livro, aliás gostaria que ele me devolvesse. E me disse
o título do livro, do gênero "O anarquismo em face da filosofia existencial", ou "A existência em face da filosofia anarquista",
não estou bem certo. Era desses livros de época, já esquecidos,
que ninguém tem interesse em reeditar.

— Quando cheguei em casa, falei com o velho no livro, e
ele me olhou por cima dos óculos com cara de espanto. Também, pudera! tinha mais de vinte anos de formado, mal se lembrava do professor Spinelli.

— Na aula seguinte, daí a alguns dias, o professor me cobrou: como é, Heitor, falou com seu pai? Tinha falado sim, ele
ia procurar o livro, afinal já havia muitos anos, não é professor? Assim que encontrasse ele faria questão de devolver.

— O tempo foi passando e o professor sempre me perguntando pelo diabo do livro. Eu desconversava como podia: a biblioteca do meu pai era muito grande, ele ainda

estava procurando. Chegava em casa e perguntava ao velho: encontrou o livro do professor Spinelli? Meu pai, com ar vago: o livro de quem, meu filho? E me olhava a quilômetros de distância, como se eu estivesse falando grego: sei lá que livro é esse, menino. Na faculdade, o professor me torrando a paciência: desculpe insistir, mas aquele livro que emprestei a seu pai...

— Eu já andava meio baratinado, sem saber o que fazer. Saí procurando o livro em tudo quanto é livraria e sebo da cidade, para ver se acabava logo com aquilo, pois já andava matando aulas seguidas por causa do professor Spinelli, ia acabar reprovado. E não encontrei, ninguém jamais tinha ouvido falar no raio do livro.

— Um dia resolvi enfrentar a situação e abrir o jogo. Esbarrei com o Spinelli no corredor da faculdade e antes que ele abrisse a boca, despejei: já falei com meu pai uma porção de vezes sobre o seu livro, o senhor não me leve a mal, professor, mas por que não fala com ele o senhor mesmo?

— Com essa ele não contava. Gaguejou um pouco e acabou dizendo que seria pouco delicado: não vejo seu pai há tanto tempo, é possível que ele nem se lembre direito de mim. O que era a mais pura expressão da verdade: eu na hora tive de perguntar como queria que se lembrasse do tal livro.

— Em todo caso, mal chegava em casa eu insistia: papai, o livro do professor... Um dia ele acabou perdendo a esportiva: se você me falar mais uma vez nesse maldito livro, meu filho, eu te dou um ensino que você nunca mais esquece. Eu ainda tentei uma saída honrosa: e o que é que eu falo com o professor? Ele me despachou dizendo que era para eu falar com o professor que pegasse o tal livro e...

— Bem, até para isso, primeiro era preciso encontrar o livro. Comecei a fuçar de cabo a rabo a biblioteca do meu pai, nas horas em que ele não estava em casa. Percorri prateleira por prateleira, volume por volume, com uma determinação homicida: ou eu encontro, ou eu mato o professor Spinelli.

— Até que um dia... Foi num sábado, me lembro que meus pais tinham ido jantar fora, eu estava sozinho em casa, podia mexer no escritório à vontade. Ao meter a mão atrás de uma fila de grossos volumes cobertos de poeira, tirei do fundo da prateleira um livrinho cinzento e mofado, era ele! Pouco mais que um folheto meio esfrangalhado. No dia seguinte comuniquei a meu pai a novidade: papai, encontrei! E ele, levantando pachorrentamente os olhos de outro livro: encontrou o quê, meu filho?

— Fui assistir à aula do professor Spinelli, que há tempos não me via nem pintado. Ele me olhou com surpresa, que houve com você, Heitor? esteve doente? Meu primeiro impulso foi de brandir o livro na cara dele, falar olhe o que eu trouxe aqui! e mandar que ele enfiasse o livro onde meu pai tinha sugerido. Mas com um prazer sádico, resolvi fazer render aquilo até onde pudesse e então esperei que ele tocasse no assunto.

— O que não demorou muito: você por acaso tem alguma notícia daquele livro que emprestei a seu pai... Tenho sim, professor, respondi: o livro foi encontrado. Os olhinhos dele brilharam: ah, é? Foi encontrado? E posso saber quando me vai ser devolvido? Eu peguei o livro e lhe estendi: aqui está, professor.

— Bem, agora escuta só: o homem segura o livro com todo cuidado como se ele pudesse se desmanchar nas suas mãos, folheia com dedos delicados, lê um e outro pedaço, sorri satisfeito, torna a fechá-lo e me estende de volta, dizendo: toma, eu estava querendo emprestar a você, para que você lesse.

— Eu o olhava, estupefato, enquanto ele insistia: faço questão que você conheça, é um livro importante, verdadeira obra-prima. Saí dali meio aparvalhado, levando o livro de volta. Contei a meu pai quando cheguei em casa, mas não cheguei a ler o livro. Os anos passaram, eu me formei e nunca mais vi o professor Spinelli.

— Pois outro dia, não é que entro num ônibus e vou me sentar justamente ao lado dele. Os mesmos olhinhos miúdos por detrás dos óculos sem aro, o mesmo nariz fino, a mesma careca brilhando — apenas um pouco mais murcho. Me reconheceu logo, e era fatal — algo me dizia que ia falar no tal livro, nosso único assunto em comum.

— E não deu outra coisa. Depois de dizer que eu não era dos mais aplicados, estudava pouco, perguntou se eu me lembrava de um livro que ele havia me emprestado... Me lembro, professor, como não? Só me lembro disso — me deu vontade de dizer: é a recordação mais forte que eu tenho do meu tempo de faculdade, responsável por algumas das minhas neuroses, se eu hoje sou assim deve ser em parte por causa daquele livro. E ele então, muito sério: eu ficaria grato se você me devolvesse, gostaria de emprestar a um ex-aluno meu...

— E agora, que é que eu faço? Ele pediu meu endereço e disse que faz questão de vir ele próprio buscar. Estou perdido. Tenho de achar esse livro, para que ele seja emprestado ao tal aluno, passe às mãos de outro, e assim por diante, enquanto o professor Spinelli existir. E o professor Spinelli, evidentemente, existirá até o final dos tempos.

O TAPETE PERSA

COMPROU O TAPETE por 150 contos, colocou-o no imenso living e ficou olhando. Mal se podia pisar com um pouco mais de firmeza que o dono do tapete logo perdia o fio da conversa. Se por acaso um amigo acendia o cigarro, ah, isso não, meu amigo, você tenha paciência, mas vá fumar lá fora, na varanda, isto aqui é tapete para muito luxo, custou 150 contos, da Pérsia ali no duro, se me cai uma brasinha no chão eu lhe mando a mão na cara, desculpe a franqueza, mas comigo é assim, mais vale prevenir do que remediar.

A mulher já nem podia trazer à sua casa uma visita de cerimônia, porque logo de entrada ele ia avisando:

— Vai limpar o pezinho aí no capacho, não vai? Tapete novo ali na sala, 150 contos, a senhora compreende... Preço de um automóvel!

Quem compra um automóvel por 150 contos hoje em dia? Era o que ele pensava, quando se meteu no seu com toda a família e tocou-se para Petrópolis. Recomendara à empregada cuidados especiais com o tapete. A mulher sugerira enrolá-lo, mas onde colocar um canudo de três metros de comprimento, quatro se enrolado de comprido? E poderia estragar-se, pois os tapetes, ainda que persas, foram feitos para ficar estendidos. Estava feliz: nem todos podem ter um tapete persa. Para muita gente é um ideal na vida.

Um belo dia a empregada descobriu, com pavor, que o tapete apresentava aqui e ali pequenas manchas de mofo. Abriu todo o apartamento, mas, não satisfeita, resolveu dependurar o tapete na amurada da varanda para que apanhasse sol.

Ora, acontecia morar no apartamento de baixo um americano que invariavelmente chegava bêbado todas as noites e ainda bebia mais um pouco antes de dormir, mais um pouco ao levantar-se. Naquele dia, tendo o tapete obstruído por completo sua janela, cuidou ao acordar que ainda era noite e voltou para a cama. Afinal, cansado de dormir, acendeu a luz e olhou o relógio: duas horas. Não poderia estar tão bêbado assim — convenhamos que às duas horas da tarde o dia já deveria ter pelo menos começado a clarear. Ou passara o dia todo dormindo e seriam duas horas da noite?

Avançou para a janela e deu de cara com o tapete. Vendo que não conseguia olhar para fora, voltou-se, resignado, sem buscar uma explicação. Buscou antes uma faca e meteu-a no tapete como no ventre de um peixe, abrindo-o de alto a baixo. Depois enfiou a cabeça pelo rombo para ver se lá fora era noite ou dia. Infelizmente era dia. Não se conformando, puxou com violência o tapete e quando afinal acabou de recolhê-lo, deixou que tombasse no espaço e fosse cair lá embaixo, sobre as obras de um edifício em princípio de construção.

Muitos que viram se assustaram. Houve quem pensasse que o prédio estava vindo abaixo. Caiu uma "coisa" lá de cima! — vários gritavam, apontando. O que foi? Alguém se atirou lá de cima? uma mulher? Uma mulher se atirou lá de cima!

— Nós mal começamos e este aqui já está mandando a mobília — comentou um operário da construção, contemplando o tapete.

Enfim, não é todo dia que caem tapetes persas da janela dos apartamentos, pelo menos naquela rua. Alguns curiosos se ajuntaram, enquanto não se chamava a assistência. A empregada apareceu desvairada, e ao ver o tapete no chão enlameado, botou as mãos na cabeça e a boca no mundo:

— Nossa Senhora, meu patrãozinho me mata!

No dia seguinte era o patrãozinho que, descendo de Petrópolis, ia ao apartamento de baixo disposto a matar primeiro o americano. No que ele disse *yes*, foi-lhe metendo o braço.

— *Just a moment! Just a moment!* — berrava o americano, se defendendo. — *No fala portuguese! Must be some mistake!*

— Misteique é a mãe — dizia o dono do tapete, enfurecido. Não satisfeito, pôs-se a quebrar coisas no apartamento do outro. Pouco havia que quebrar, além de uma garrafa de "Four Roses" já vazia.

Afinal, mais calmo, preveniu:

— No fala portuguese mas pagar tapete, tá bem? Olha aqui, ô gringo, to pay my tápet, 150 contos, morou?

— *Let's have a drink* — propôs o americano.

183

CONFUSÃO COM SÃO PEDRO

— VOCÊ VAI NESTE AVIÃO, eu vou no próximo — decidiu ela de súbito, no último instante, quando o alto-falante já convocava os passageiros: queiram apresentar suas despedidas e boa viagem.

Ele deu um suspiro desalentado. Já fora um custo convencer a mulher a viajarem de avião. Ela dizia que tinha medo, por que não vamos de trem? E passara a noite toda naquela conversa, olha, meu bem, tenho um pressentimento ruim... Quando já estavam praticamente embarcados, vinha com novidade.

— Que bobagem é essa?

— Eu vou no outro — insistiu ela, aflita: — Tem outro avião daqui a meia hora.

— Mas por que isso assim de repente?

Ela o olhava nos olhos como se despedindo dele para sempre:

— Não podemos correr tanto risco juntos, meu bem, seja razoável. Temos nossos filhos, imagine se acontece alguma coisa.

— Não vai acontecer nada, mulher.

— Eu sei que não tem perigo, que é o transporte mais seguro do mundo, e as estatísticas, e essa coisa toda, você já me explicou. Mas pense um pouco nos nossos filhos, pelo amor de Deus! Eu indo num e você noutro, sempre é uma chance de pelo menos um de nós dois escapar.

— Olha aí, já estão chamando de novo. Vamos embora, mulher.

Ela fincara pé, irredutível. Sem mais tempo para argumentar, ele acabou cedendo:

— Está bem, seja como você quiser! Mas então vai nesse, eu vou no outro. Se eu deixar você aqui, você acaba não indo.

Despediu-se dela, aborrecido, e foi tratar da transferência de sua passagem.

A mulher entrou no avião como num túmulo, o coração aos pulos. A porta se fechou, desligando-a para sempre do mundo. A seu lado, viajava um padre, alheio a tudo, mergulhado no breviário.

De súbito o avião, já em pleno voo, começou a jogar. Eu não disse? eu não disse? Entraram numa nuvem escura e nunca mais saíam dela.

Em pânico, chamou o comissário: não é nada, minha senhora, uma pequena tempestade, estamos fazendo voo cego.

Voo cego! Sentindo-se perdida, voltou-se para o padre:

— Estou com tanto medo, seu padre.

O padre a olhou, desconfiado:

— Reza, que é melhor.

E voltou ao seu breviário. Rezar? Não, ela não sabia rezar. Lembrou-se de São Pedro, que era quem devia manobrar chuvas e tempestades — juntou as mãos e pediu-lhe auxílio:

— São Pedro, piedade de mim. Tenho meus filhos para criar. Fui criada sem mãe, o senhor não imagina a falta que uma mãe faz. Todos na minha família ficaram assim feito eu, só porque não tiveram mãe. Que será dos meus filhos sem mãe, São Pedro, mãe faz muito mais falta que pai, por favor me protege, se for preciso transfere essa tempestade para o avião dele, mas me salva desta que noutra eu nunca mais hei de me meter.

A falta de mãe não lhe abalara o prestígio junto a São Pedro — tanto assim que em pouco o avião deixava para trás a tempestade e saía para um céu azul, e logo descia no aeroporto sem mais novidades. Estava salva!

Comprou uma revista, sentou-se num canto e pôs-se a esperar o avião do marido. Esperou meia hora. Como ele nunca mais chegasse, correu, já aflita, a informar-se no balcão. Soube que não havia nada de especial: as más condições do tempo às vezes ocasionavam algum atraso.

— Más condições do tempo?

Não tinha dúvida, era a tempestade que mandara para ele. Roída de remorsos juntou as mãos ali mesmo, em frente ao funcionário assombrado:

— São Pedro, essa não! Não faça isso comigo. Era mentira, o senhor não vai me levar a sério. O pai faz muito mais falta que a mãe, quem é que foi meter uma bobagem dessa na minha cabeça? Ele trabalha para sustentar a família, eu não faço nada que preste. E logo ele, tão bom que ele é, tão carinhoso, por favor, São Pedro, não faça isso com ele, joga essa tempestade para cima de outro que não tenha filhos, para cima dele não!

Em pouco São Pedro voltava a atendê-la, fazendo o marido desembarcar no aeroporto, são e salvo:

— Que cara é essa? Você está parecendo um fantasma! Aconteceu alguma coisa?

Ela se abraçou a ele, ansiosa:

— Você está bem? Você me perdoa?

— Eh, que novidade você vai inventar agora? Perdoar o quê, mulher?

— Tudo por minha culpa — choramingou ela. — Mas graças a Deus você está salvo. Fiz uma confusão enorme com São Pedro, você nem imagina. Da próxima vez, quer saber de uma coisa? vou com você, morreremos juntos, nossos filhos que se danem.

Ele a olhou, francamente apreensivo. "Acho que essa minha mulher está ficando maluca", pensou.

O GATO SOU EU

— Aí, então, eu sonhei que tinha acordado. Mas continuei dormindo.

— Continuou dormindo.

— Continuei dormindo e sonhando. Sonhei que estava acordado na cama, e ao lado, sentado na cadeira, tinha um gato me olhando.

— Que espécie de gato?

— Não sei. Um gato. Não entendo de gatos. Acho que era um gato preto. Só sei que me olhava com aqueles olhos parados de gato.

— A que você associa essa imagem?

— Não era uma imagem: era um gato.

— Estou dizendo a imagem do seu sonho: essa criação onírica simboliza uma profunda vivência interior. É uma projeção do seu subconsciente. A que você associa ela?

— Associo a um gato.

— Eu sei: aparentemente se trata de um gato. Mas na realidade o gato no caso é a representação de alguém. Alguém que lhe inspira um temor reverencial. Alguém que a seu ver está buscando desvendar o seu mais íntimo segredo. Quem pode ser esse alguém, me diga? Você deitado aí nesse divã como na cama em seu sonho, eu aqui nesta poltrona, o gato na cadeira... Evidentemente esse gato sou eu.

— Essa não, doutor. A ser alguém, neste caso o gato sou eu.

— Você está enganado. E o mais curioso é que, ao mesmo tempo, está certo, certíssimo, no sentido em que tudo o que se sonha não passa de uma projeção do eu.

— Uma projeção do senhor?

— Não: uma projeção do *eu*. O eu, no caso, é você.

— Eu sou o senhor? Qual é, doutor? Está querendo me confundir a cabeça ainda mais? Eu sou eu, o senhor é o senhor, e estamos conversados.

— Eu sei: eu sou eu, você é você. Nem eu iria pôr em dúvida uma coisa dessas, mais do que evidente. Não é isso que eu estou dizendo. Quando falo no eu, não estou falando em mim, por favor, entenda.

— Em quem o senhor está falando?

— Estou falando na individualidade do ser, que se projeta em símbolos oníricos, dos quais o gato do seu sonho é um perfeito exemplo. E o papel que você atribui ao gato, de fiscalizá-lo o tempo todo, sem tirar os olhos de você, é o mesmo que atribui a mim. Por isso é que eu digo que o gato sou eu.

— Absolutamente. O senhor vai me desculpar, doutor, mas o gato sou eu, e disto não abro mão.

— Vamos analisar essa sua resistência em admitir que eu seja o gato.

— Então vamos começar pela sua insistência em querer ser o gato. Afinal de contas, de quem é o sonho: meu ou seu?

— Seu. Quanto a isto, não há a menor dúvida.

— Pois então? Sendo assim, não há também a menor dúvida de que o gato sou eu, não é mesmo?

— Aí é que você se engana. O gato é você, na *sua* opinião. E sua opinião é suspeita, porque formulada pelo consciente. Ao passo que, no subconsciente, o gato é uma representação do que significo para você. Portanto, insisto em dizer: o gato sou eu.

— E eu insisto em dizer: não é.

— Sou.

— Não é. O senhor por favor saia do meu gato, que senão eu não volto mais aqui.

— Observe como inconscientemente você está rejeitando minha interferência na sua vida através de uma chantagem...

— Que é que há, doutor? Está me chamando de chantagista?

— É um modo de dizer. Não vai nisso nenhuma ofensa. Quero me referir à sua recusa de que eu participe de sua vida, mesmo num sonho, na forma de um gato.

— Pois se o gato sou eu! Daqui a pouco o senhor vai querer cobrar consulta até dentro do meu sonho.

— Olhe aí, não estou dizendo? Olhe a sua reação: isso é a sua maneira de me agredir. Não posso cobrar consulta dentro do seu sonho enquanto eu assumir nele a forma de um gato.

— Já disse que o gato sou eu!

— Sou eu!

— Ponha-se para fora do meu gato!

— Ponha-se para fora daqui!

— Sou eu!

— Eu!

— Eu! Eu!

— Eu! Eu! Eu!

PSICOPATA AO VOLANTE

DAVID PASSAVA DE CARRO às onze horas de certa noite de sábado por uma rua de Botafogo quando um guarda o fez parar:

— Seus documentos, por favor.

Os documentos estavam em ordem, mas o carro não estava: tinha um dos faróis queimado.

— Vou ter de multar — advertiu o guarda.

— Está bem — respondeu David, conformado.

— Está bem? O senhor acha que está bem?

O guarda resolveu fazer uma vistoria mais caprichada, e deu logo com várias outras irregularidades:

— Eu sabia! Limpador de para-brisa quebrado, folga na direção, freio desregulado. Deve haver mais coisa, mas pra mim já chega. Ou o senhor acha pouco?

— Não, para mim também já chega.

— Vou ter de recolher o carro, não pode trafegar nessas condições.

— Está bem — concordou David.

— Não sei se o senhor me entendeu: eu disse que vou ter de recolher o carro.

— Entendi sim: o senhor disse que vai ter de recolher o carro. E eu disse que está bem.

— O senhor fica aí só dizendo está bem.

— Que é que o senhor queria que eu dissesse? Respeito sua autoridade.

— Pois então vamos.

— Está bem.

Ficaram parados, olhando um para o outro. O guarda, perplexo: será que ele não está entendendo? qual é a sua, amizade? E David, impassível: pode desistir, velhinho, que de mim tu não vê a cor do burro de um tostão. E ali ficariam o resto da noite a se olhar em silêncio, a autoridade e o cidadão flagrado em delito, se o guarda enfim não se decidisse:

— O senhor quer que eu mande vir o reboque ou prefere levar o carro para o depósito o senhor mesmo?

— O senhor é que manda.

— Se quiser, pode levar o senhor mesmo.

Sem se abalar, David pôs o motor em movimento.

— Onde é o depósito?

O guarda contornou rapidamente o carro pela frente, indo sentar-se na boleia:

— Onde é o depósito... O senhor pensou que ia sozinho? Tinha graça!

Lá foram os dois por Botafogo afora, a caminho do depósito.

— O senhor não pode imaginar o aborrecimento que ainda vai ter por causa disso — o guarda dizia.

— Pois é — David concordava: — Eu imagino.

O guarda o olhava, cada vez mais intrigado:

— Já pensou na aporrinhação que vai ter? A pé, logo numa noite de sábado. Vai ver que tinha aí o seu programinha para esta noite... E amanhã é domingo, só vai poder pensar em liberar o carro a partir de segunda-feira. Isto é, depois de pagar as multas todas...

— É isso aí — e David o olhou, penalizado: — Estou pensando também no senhor, se aborrecendo por minha causa, perdendo tempo comigo numa noite de sábado, vai ver até que estava de folga hoje...

— Pois então? — reanimado, o guarda farejou um entendimento: — Se o senhor quisesse, a gente podia dar um jeito... O senhor sabe, com boa vontade, tudo se arranja.

— É isso aí, tudo se arranja. Onde fica mesmo o depósito?

O guarda não disse mais nada, a olhá-lo, fascinado. De repente ordenou, já à altura do Mourisco:

— Pare o carro! Eu salto aqui.

David parou o carro e o guarda saltou, batendo a porta, que por pouco não se despregou das dobradiças. Antes de se afastar, porém, debruçou-se na janela e gritou:

— O senhor é um psicopata!

O ESPELHO DO GENERAL

DIZIAM QUE TINHA LEVADO um coice de cavalo na cabeça. Outros diziam que não, ele sempre fora assim mesmo. Tchê! O tenente Bruno além do mais era gaúcho. Andava de pernas abertas, de tanto que já montara. O espantalho das famílias: lá vem o tenente Bruno! E as mães, pressurosas, recolhiam as filhas da calçada. No hotel, o viajante perguntava: qual é ele? Apontavam: aquele baixinho, de quepe levantado. E o gerente do hotel consultava o relógio: se os senhores andarem depressa ainda chegarão em tempo de ver o tenente fechar o cabaré.

Tchê! O tenente Bruno está chegando. De repente, a vida no seu pelotão passava a transcorrer em ambiente de grande atividade. Os praças corriam para as baias, de repente os animais passavam a receber suas rações de feno religiosamente às horas certas. E lava daqui, varre dali, no campo de instrução o pelotão de recrutas marchando sob as ordens do sargento, um, dois! um, dois! bom-dia, tenente Bruno, como vai passando o senhor? Ia entrando sem olhar para os lados — o capitão já chegou? Se não chegou, me acordem quando chegar. E ia tirar uma tora. O capitão não ligava: não adianta, é doido esse menino. E o tenente Bruno: Tchê! tchê! é uma besta aquele capitão.

QUANDO ACORDAVA, ia juntar-se aos outros oficiais na pista de treinamento. Sentados nos travões da cerca, viam os recrutas saltando obstáculos:

— Bate as pernas, seu!

— Vai refugar! Olha: refugou.

— Larga a patilha, sua besta!

— Tchê! Perna de pau.

Às vezes o general dava uma incerta. Hasteava-se a bandeirinha, a corneta convocava às pressas o pessoal. O tenente Bruno olhava de lado e não consertava o quepe. Protótipo do desenquadrado. O capitão estrilava:

— Conserta esse quepe, menino! Você não vai se apresentar ao general assim.

Mas o que o general queria era montar. Seu cavalo, árabe puro-sangue, era guardado em boxe especial, separado. Lá dentro o cavalinho nadava em serragem todo dia renovada, tinha feno de primeira, banho duas vezes ao dia, dois praças só para ele. Brilhante, escovado, o animal olhava tristemente da janela as cavalariças onde os outros se irmanavam na uniformidade plebeia do mesmo feno, dos mesmos coices e do mesmo cheiro de excremento. Vinha o ferrador examinar os cascos, a sela especial de cepilho levantado era trazida, depois de escovada mais uma vez, os ferros brilhavam. Media-se com o toco do braço a altura dos loros, o general tinha pernas curtas. Interditava-se desde cedo o picadeiro, depois de cuidadosamente alisada a areia do chão. Até o espelho tinha de levar uma flanela para ficar bem limpo e o cavaleiro poder se olhar no picadeiro, corrigindo a posição.

— Com espelho ou sem espelho, ele não tem arranjo — dizia o tenente Bruno. — É um saco de farelo.

Para evitar observações como essa é que o general montava a portas fechadas.

NAQUELA MANHÃ o tenente Bruno chegou ao quartel e encontrou o esquadrão em polvorosa: ia chegar o novo espelho!

Esse espelho tinha a sua história. Gerações e gerações de oficiais e praças que passaram por ali ouviam falar no espelho já lendário: cinco por dez metros, de cristal do legítimo, mais de 100 contos, vinha da Europa, já fora despachado, estava para chegar.

Havia anos que estava para chegar. Muito tenente que esperava ser o primeiro a vê-lo era agora coronel. E os praças sacudiam a cabeça, incrédulos:

— Se é tão grande assim, vai precisar de um naviu especial.

— *Naviu* não, seu burro: naVIO.

— Eu sou do Sul, minha besta: *naviu*. Vai corrigir tua mãe.

— E que é que vão fazer com o espelho que já tem?

— Com certeza vai pro boxe do cavalo do general.

Se o sargento ia passando, corrigia:

— Cavalo *pertencente* ao general.

Pois agora ia mesmo chegar! O capitão viera mais cedo, dirigia os preparativos, dava ordens, gesticulava:

— Você aí! Abre mais esse portão, animal! Não está vendo que o caminhão já vem?

Em verdade um caminhão apontara na esquina, galgava a ladeira sob o peso de uma caixa enorme, atravessada. Um pelotão foi logo mobilizado para depositar o caixote no pátio.

Todos se agrupavam, querendo ver — todos, menos o tenente Bruno, que, mal chegando e ao saber que não havia instrução, não quis indagar por quê, rumou para a cama mais próxima.

Aberto o caixote, houve um instante de expectativa e logo corria um murmúrio de decepção: era realmente um espelho, grande, bonito, especial para o picadeiro — mas não refletia nada senão os rostos suados dos que haviam trabalhado, como outro espelho qualquer.

Então surgiu a primeira dificuldade: o espelho não passava na porta do picadeiro. E o general queria o espelho lá dentro, ia montar ainda naquela tarde... O capitão não teve dúvida: mandou alargar a porta. Os tenentes se arriscavam a dar opinião, o capitão gritava, nervoso, pedia silêncio, xingava. Estava jogando sua carreira naquele espelho. Ao vê-lo a salvo, dependurado em lugar do outro, suspirou aliviado e mandou tocar o rancho, que era o que todos esperavam: atrasara-se duas horas, mas para o júbilo da soldadesca, foi ordenado naquele dia ao cozinheiro bolinhas verde-oliva em vez de canjiquinha.

O Tenente Bruno acordou ao toque de rancho, e saiu para o pátio, espreguiçando. A vida do esquadrão voltara à normalidade. O imenso caixote fora removido e somente pequenos maços de palha aqui e ali denunciavam o acontecimento que enchera toda a manhã. A porta do picadeiro, semidestruída, chamou a atenção do tenente. Entrou, curioso, viu dois praças conversando junto ao cavalo do general, já encilhado, à espera. A luz do sol, passando pela fresta entre a parede e o teto, estendia no ar uma cortina luminosa e ia atingir o espelho, arrancando reflexos. Os dois homens se perfilaram, ao ver o tenente.

— Tchê! Um espelho novo — disse ele apenas, e calçando o estribo, jogou habilmente a perna, cavalgando o animal. Os praças quiseram protestar, mas nem tiveram tempo: o tenente já dava uma volta no picadeiro, a trote curto, no cavalo do general. Pertencente ao general.

— Seu tenente! É melhor apear. O general chega de repente, vai haver alteração.

E se olhavam, assustados. O tenente ria, estendendo o trote. Agora galopava, dando voltas, tchê! tchê! gritava, entusiasmado com o cavalo. Depois freou de repente, olhou-se ao espelho, imitando o general. Lá fora a corneta soava, o general estava chegando. Os dois soldados recuaram mais para o canto, apalermados, sem saber o que fazer. Um falou ainda: "Seu tenente, o general..." Toque de reunir, lá fora. Cavalo e cavaleiro, imóveis, se olhavam agora no espelho; a luz do sol cruzava o ar e batia em cheio, refletindo violentamente um cavalo amarelo, brilhante, como um cavalo de fogo. De repente o cavalo cá embaixo se espantou, ergueu-se nas duas patas num salto inesperado, a figura luminosa se precipitou como um raio, o espelho se espatifou em mil pedaços. Um dos soldados soltou um grito de horror, enquanto o tenente era atirado longe e o animal tombava, espadanando na areia. Um jorro de sangue vivo esguichava do chão, manchando a parede de vermelho. O cavalo agitava as patas cada vez mais lentamente e tinha o pescoço aberto, rasgado, numa poça de sangue. O tenente se ergueu, assustado, sacudiu a areia da farda: sem um arranhão. Depois foi saindo, como se nada houvesse acontecido. O general surgiu correndo em meio aos soldados:

— Chamem o veterinário! Às vezes ainda há tempo.

Não havia: o animal já estava morto. O capitão se lastimava:

— Além do mais isso vai dar um inquérito complicadíssimo, nem quero pensar. Complicadíssimo.

O general ordenou que se prendesse o tenente. Mas ninguém sabia onde ele se metera. Depois, desgostoso, se retirou. E no esquadrão, durante alguns dias, falou-se muito no espelho, no cavalo, no tenente Bruno. Uns asseguravam que ele sempre fora meio doido; outros que não, que levara um coice na cabeça.

TURCO

Assim que chegou a Paris, foi cortar o cabelo — coisa que não tivera tempo de fazer ao sair do Rio. O barbeiro, como os de toda parte, procurou logo puxar conversa:

— Eu tenho aqui uma dúvida, que o senhor podia me esclarecer.

— Pois não.

— Eu estava pensando... A Turquia tomou parte na última guerra?

— Parte ativa, propriamente, não. Mas de certa maneira esteve envolvida, como os outros países. Por quê?

— Por nada, eu estava pensando... A situação política lá é meio complicada, não?

Seu forte não era a Turquia. Em todo caso respondeu:

— Bem, a Turquia, devido a sua situação geográfica... Posição estratégica, não é isso mesmo? O senhor sabe, o Oriente Médio...

O barbeiro pareceu satisfeito e calou-se, ficou pensando.

Alguns dias depois ele voltou para cortar novamente o cabelo. Ainda não se havia instalado na cadeira, o barbeiro começou:

— Os ingleses devem ter muito interesse na Turquia, não?

Que diabo, esse sujeito vive com a Turquia na cabeça — pensou. Mas não custava ser amável — além do mais, ia praticando o seu francês:

— Devem ter. Mas têm interesse mesmo é no Egito. O canal de Suez.

— E o clima lá?

— Onde? No Egito?

— Na Turquia.

Antes de voltar pela terceira vez, por via das dúvidas procurou informar-se com um conterrâneo seu, diplomata em Paris e que já servira na Turquia.

— Dessa vez eu entupo o homem com Turquia — decidiu-se.

Não esperou muito para que o barbeiro abordasse seu assunto predileto:

— Diga-me uma coisa, e me perdoe a ignorância: a capital da Turquia é Constantinopla ou Sófia?

— Nem Constantinopla nem Sófia: é Ancara.

E despejou no barbeiro tudo que aprendera com seu amigo sobre a Turquia. Nem assim o homem se deu por satisfeito, pois na vez seguinte foi começando por perguntar:

— O senhor conhece muitos turcos aqui em Paris?

Era demais:

— Não, não conheço nenhum. Mas agora chegou a minha vez de perguntar: por que diabo o senhor tem tanto interesse na Turquia?

— Estou apenas sendo amável — tornou o barbeiro, melindrado: — Mesmo porque conheço outros turcos além do senhor.

— Além de mim? Quem lhe disse que sou turco? Sou brasileiro, essa é boa.

— Brasileiro? — e o barbeiro o olhou, desconsolado: — Quem diria! Eu seria capaz de jurar que o senhor era turco...

Mas não perdeu tempo:

— O Brasil fica é na América do Sul, não é isso mesmo?

UMA NOITE INESQUECÍVEL

— EU JÁ TINHA VISTO AQUELA mulher por aí. Sabia que era casada, de modo que tomava certo cuidado. Um dia me sentei ao lado dela no ônibus, puxei conversa, ela topou. Acabamos numa confeitaria da cidade, dali não passou: não quis ir comigo a lugar nenhum, dizendo você está maluco? nem mesmo o telefone ela me deu. Mas me pediu o meu, prometendo me telefonar um dia desses.

— Pois não é que telefonou mesmo? Quando disse que estava falando de casa, me ocorreu logo perguntar pelo marido. Viajou, disse ela: foi hoje para São Paulo. E acrescentou, provocante: por que você não vem me visitar?

— Não gosto de jogar no campo adversário, prefiro terreno neutro. Mas ela já tinha vindo com aquela conversa de que não entraria num motel nem morta, de modo que resolvi aceitar o convite. E lá fui eu para o apartamento dela, numa transversal de Copacabana, nem vou dizer o nome da rua que você acaba botando numa crônica e me entregando.

— Só digo que era um prédio imenso, com centenas de conjugados. Aquilo já me deixou um pouco frio, pensei que ela morasse melhor. Ainda mais o marido sendo homem de negócios, ela me havia dito. Imagino que negócios ele fazia, tinha ido a São Paulo a negócios. O apartamento não passava mesmo de um quarto com banheiro e quitinete, nem janela tinha, só uma varandinha de dois palmos, se tanto. Eu mal podia imaginar que viveria ali uma noite inesquecível.

— Não havia outra coisa a fazer, de modo que não perdi tempo: em dez minutos já estávamos na cama, debaixo das cobertas, que era uma noite fria. Ela fez questão de deixar a televisão ligada, dizendo que assim é que gostava, ficava mais excitante. Deviam ser umas nove horas, por aí.

— Quando estávamos no melhor da festa, ouvi um ruído na porta, e era simplesmente o *ruído de uma chave entrando na fechadura*. No que ela soprou no meu ouvido as palavras fatais, meu marido! eu já pulava das cobertas como um cabrito, arrebanhava minhas roupas em cima da cadeira, chutava os sapatos para debaixo da cama e me precipitava para a tal varandinha. Nem pensar em saltar dali, estávamos no sétimo andar! Mal havia espaço para as duas portas duplas de veneziana dobradas de cada lado, uma parte sobre a outra. Foi atrás de uma delas que me refugiei, segurando calça, camisa, cueca, tudo embolado contra o peito.

— Ouvi a porta de entrada se abrindo e a voz dela perguntando espantada, mas na maior das calmas: ué, você não foi? Uma voz de homem resmungou qualquer coisa sobre o mau tempo. Uma voz grossa de meter medo, imaginei que devia ser um sujeito enorme. E ao fechar a porta, ele acendeu a luz.

— Eu estava perdido: a veneziana deixava passar riscas de luz, zebrando meu corpo nu de cima a baixo. Eu me sentia como se estivesse em exibição numa jaula. Espremido atrás da porta, mal conseguia respirar. Não era só o medo que me arrepiava a pele: era a humilhação de ser apanhado de calça na mão.

— Dali eu enxergava uma boa parte do quarto. Por isso é que tinha a impressão de estar sendo visto da cabeça aos pés. Mas não estava: eu podia ver por entre as réguas da veneziana, mas elas me tapavam o corpo. Descobrindo isso, consegui respirar um pouco, apesar da câimbra no diafragma.

— Ouvi que ele se sentava na cama com um suspiro de cansaço, dizendo: o avião das seis só saiu às sete. Não tinha teto em São Paulo. Quando já estávamos quase chegando fechou de novo, tivemos de voltar. Ela bocejou toda lânguida e falou que ficou vendo televisão, deu sono, já estava quase dormindo quando ele chegou.

— Nunca vi mulher como aquela, em matéria de dissimulação. Era como se não estivesse acontecendo nada e eu nem existisse ali atrás da porta: para ela eu podia muito bem já ter saído voando pela varanda, evaporado no ar. Ainda disse, num tom de criança: que bom você ter voltado, bem, eu já estava com saudade...

— Pude ver perfeitamente o vulto dele quando passou em frente à varanda, em direção ao banheiro. Ruído de água caindo. Se fechasse a porta, eu me arriscaria a vestir pelo menos a cueca. Não fechou. Ela é que conseguiu vestir a camisola, pude ver quando apareceu no meu ângulo de visão, sem nem olhar para o meu lado. Ele perguntou lá de dentro: você jantou? Comi qualquer coisa, ela respondeu: tem comida aí na geladeira, você quer? Se quiser, esquento para você. Como era dedicada, carinhosa! E eu ali entalado atrás da porta. A descarga lá no banheiro. Depois o homem voltando para o quarto e de repente, o susto da minha vida! veio reto para o meu lado.

— Debruçou-se na amurada da varanda, acendeu um cigarro. Eu agora podia vê-lo a menos de um metro de mim.

Não era tão grande como eu tinha imaginado, mas o suficiente para me deixar gelado de medo. Além do frio que eu estava sentindo, que já não era brincadeira. Ela veio buscá-lo pela mão com uma vozinha doce: vem, amor. E ele foi. Atirou o cigarro longe e foi com ela para a cama.

— Eu acompanhava com o ouvido tudo o que faziam, mas confesso que não estava muito interessado: na posição em que me achava, só apreciei mesmo o fato de apagarem a luz. A luz e a televisão — pelo visto, com ele não tinha graça. Apesar do escuro, minha situação continuava crítica: fazia um frio desgraçado, meu corpo estava gelado, eu não aguentaria ficar ali a noite toda. E quando clareasse?

— Os dois afinal se aquietaram. Algum tempo mais se passou até que ele começasse a roncar. Ela então fez psiu! psiu! bem baixinho e eu vi que era comigo. Me mexi um pouco para esquentar o corpo que estava completamente endurecido, com cuidado infinito vesti a calça, enfiei a cueca no bolso e, camisa na mão, ousei me esgueirar dali para o interior do quarto. Pude ver o vulto dela semierguido na cama, acompanhando os meus passos. Avancei com cautela até a porta, temendo tropeçar em alguma coisa.

— Descobri tateando a fechadura, mas meus dedos duros de frio não conseguiram rodar a chave sem fazer ruído. Entrei em pânico quando vi que tinha também um trinco de segurança. Acabei conseguindo abrir a porta de qualquer maneira e ganhei o corredor, deixando-a escancarada. Ouvi atrás de mim que ele acordava com o barulho, perguntando: que foi isso? e ela respondendo: um ladrão!

— Reconheço que ela não tinha opção diante do estardalhaço que eu fiz para abrir a porta, mas com isso ele pulou da cama gritando: pega ladrão! pega ladrão! Minha sorte é que desta vez ele é que estava nu. Consegui fugir despencando pela escada abaixo e saindo pela garagem, enquanto vestia a camisa. Meus sapatos é que ficaram lá, debaixo da cama. Mais tarde ela simplesmente jogou na lixeira, segundo me contou. Meus lindos mocassins italianos.

— Porque no dia seguinte ela me contou o resto: o marido se vestiu às pressas e saiu acordando o prédio inteiro a gritar pega ladrão! até lá embaixo, na rua. Juntou gente para pegar o ladrão, e agora escuta o melhor: pegaram. No meio da confusão toda, pegaram o ladrão. Levaram para a polícia e lá ele confessou tudo.

PAULO PEDE PASSAGEM

—M ALDITA A HORA EM QUE prometi levar esse troço — dizia Paulo, entre dentes. E procurava acomodar o trambolho no fundo da mala, da maneira mais disfarçada possível, entre camisas usadas.

Até parecia que tinha vindo a Nova York só para isso — sua preocupação o tempo todo, nem pôde apreciar direito a cidade. A culpa não era do menino: filho é assim mesmo. Ao aceitar a encomenda, não tinha ideia do tamanho daquilo que o garoto queria. Nem mesmo sabia que diabo vinha a ser um videogame. Assustara-se ao comprá-lo, numa loja de brasileiros da Rua 46 que lhe haviam recomendado. Imaginava um joguinho pouco maior que um rádio de pilha ou uma máquina fotográfica. Já tinha ouvido falar que as crianças de hoje se distraem o tempo todo com brinquedos eletrônicos em vez de ler ou estudar. Em vez mesmo de jogar pião, empinar papagaio e trocar figurinhas, como no seu tempo. Mas jamais poderia imaginar que se tratasse de aparelho tão esquisito e, sobretudo, tão volumoso.

SABIA, ISTO SIM, de ouvir falar, o que era a alfândega do Rio de Janeiro: proibido trazer qualquer aparelho eletrodoméstico — e videogame, evidentemente, era um eletrodoméstico. Revista rigorosa em todas as malas, multa pesadíssima, apreensão da mercadoria, vexame, e, conforme o caso, prisão pela Polícia Federal. Contrabando era crime, eis tudo.

— Pode trazer sem susto — um amigo, veterano em viagens ao exterior, o tranquilizou. — Todo mundo que viaja tem o seu esquema. Fica tranquilo que vou acionar o meu.

E o instruiu, antes do embarque:

— Me dá a data da sua chegada e o número do voo. No que você sair do avião, vai encontrar um cara te esperando. Ele te leva até o guichê dos passaportes e te entrega a outro. Com este você passa no macio pela fiscalização, com luz verde e tudo.

Marinheiro de primeira viagem, Paulo escutava com olhos arregalados de quem recebe instruções antes de uma batalha:

— Com luz verde?

— Tem um botão para você apertar. Se acender a luz verde, você pode ir passando à vontade. Se acender a vermelha eles te pegam.

— E se me pegarem, que é que acontece?

O outro sorriu:

— Você nem parece que é brasileiro. Vai por mim que só acende a verde.

DURANTE O VOO de regresso ele não pensou noutra coisa. Como é que o sujeito ia reconhecê-lo quando saísse do avião? E se não estivesse lá esperando? Impossível cochilar, como os outros passageiros. Muito menos prestar atenção no filme, que projetavam justamente para dar sono.

Tomou um uísque para se acalmar e sentiu-se pior. Começou a viver um pesadelo, em que se via entregue à sanha dos fiscais na alfândega, suas roupas e objetos pessoais revirados por mãos aduncas, ávidas de apanhá-lo em flagrante como sonegador, contrabandista, salafrário, expô-lo à execração pública, apontá-lo ao opróbrio diante de todos:

— Pode me dizer o que é isso aqui no fundo da sua mala?

— Uma lembrancinha para o meu filho.

— Uma lembrancinha? Escuta essa, pessoal! Este aqui traz na mala um videogame completo e ainda tem o descaramento de dizer que a muamba é uma lembrancinha para o filho dele.

Uma mão pesada se abate sobre seu ombro:

— O senhor está preso.

Abriu os olhos, assustado — a comissária de bordo tocava-lhe o ombro delicadamente:

— Está na hora do café.

POUCO ANTES de chegar, vacilou ao preencher o formulário de bagagem: "roupas e objetos de uso pessoal", acabou escrevendo com mão trêmula. Logo se arrependeu: devia ter escrito apenas "um aparelho de videogame para jogos eletrônicos". Serviria para provar sua boa-fé, caso o apanhassem, se o "esquema" do outro falhasse. E já se via explicando ao fiscal:

— Veja bem, meu senhor: se fosse muamba, como o senhor diz, eu teria declarado aqui no formulário, com todas as letras?

O diabo é que, se declarasse, estaria descoberto, seria uma confissão do seu crime.

E COMO UM criminoso a caminho do patíbulo, curvado ao peso da consciência de sua culpa, é que ele saiu do avião. Nem bem pôs o pé no aeroporto, um comissário o abordou:

— Seu Paulo?

Limpou a garganta:

— Eu mesmo.

— Venha comigo, por favor.

Respirou fundo e seguiu o homem. Notou que vários outros faziam o mesmo — uns seis ou oito, destacando-se dos demais passageiros, que tomavam, como ele, direção oposta. Então o esquema funcionava mesmo! E, o que era espantoso, para mais de um, para vários. A que ponto chegamos neste país.

Aliviado, chegou a sorrir, olhando os demais com ar cúmplice, enquanto eram conduzidos por corredores de vidro e escadas rolantes até uma dependência isolada:

— Aguardem aqui, por favor — e o comissário desapareceu por uma porta.

O tempo passava e nada acontecia. Olhou ao redor: os outros se mantinham calmos e descontraídos. Ousou puxar conversa com um deles:

— Já passou antes pela alfândega aqui no Rio?

— Graças a Deus não. Ouvi dizer que é a pior de todas. Ainda bem que vamos para São Paulo.

— Para São Paulo?

Caiu em si: São Paulo — era o que o comissário havia falado, ao desembarque: passageiros em trânsito para São Paulo. Aflito, precipitou-se sala afora, novos corredores e escadas rolantes, procurando freneticamente a saída, onde está a saída?

Na vistoria dos passaportes não havia mais passageiro algum; o funcionário o despachou em dois tempos. Na sala de bagagens, viu de longe sua mala rodando sozinha na esteira. Alguém se adiantou:

— Seu Paulo?

— Bem, eu... — mas agora não podia haver engano.

— Puxa, pensei que o senhor não tinha vindo. Já ia embora.

O homem mandou Paulo seguir com a mala pelo caminho "nada a declarar", que ele ia esperar lá fora. Era só apertar o botão da luz verde e ir passando.

— E se der vermelho?

— Vai dar verde. Por isso mesmo estou aqui.

E o homem foi lá para fora esperar o seu. Ou o que desse e viesse: dando vermelho, ele se mandava.

Deu verde.

CONVERSINHA MINEIRA

— É BOM MESMO O cafezinho daqui, meu amigo?

— Sei dizer não senhor: não tomo café.

— Você é dono do café, não sabe dizer?

— Ninguém tem reclamado dele não senhor.

— Então me dá café com leite, pão e manteiga.

— Café com leite só se for sem leite.

— Não tem leite?

— Hoje, não senhor.

— Por que *hoje* não?

— Porque hoje o leiteiro não veio.

— Ontem ele veio?

— Ontem não.

— Quando é que ele vem?

— Tem dia certo não senhor. Às vezes vem, às vezes não vem. Só que no dia que devia vir em geral não vem.

— Mas ali fora está escrito "Leiteria"!

— Ah, isto está sim senhor.

— Quando é que tem leite?

— Quando o leiteiro vem.

— Tem ali um sujeito comendo coalhada. É feita de quê?

— O quê: coalhada? Então o senhor não sabe de que é feita a coalhada?

— Está bem, você ganhou. Me traz um café com leite *sem* leite. Escuta uma coisa: como é que vai indo a política aqui na sua cidade?

— Sei dizer não senhor: eu não sou daqui.

— E há quanto tempo o senhor mora aqui?

— Vai para uns 15 anos. Isto é, não posso agarantir com certeza: um pouco mais, um pouco menos.

— Já dava para saber como vai indo a situação, não acha?

— Ah, o senhor fala a situação? Dizem que vai bem.

— Para que partido?

— Para todos os partidos, parece.

— Eu gostaria de saber quem é que vai ganhar a eleição aqui.

— Eu também gostaria. Uns falam que é um, outros falam que outro. Nessa mexida...

— E o prefeito?

— Que é que tem o prefeito?

— Que tal é o prefeito daqui?

— O prefeito? É tal e qual eles falam dele.

— Que é que falam dele?

— Dele? Uai, esse trem todo que falam de tudo quanto é prefeito.

— Você, certamente, já tem candidato.

— Quem, eu? Estou esperando as plataformas.

— Mas tem ali o retrato de um candidato dependurado na parede, que história é essa?

— Aonde, ali? Ué, gente: penduraram isso aí...

SOBRE O AUTOR

FERNANDO (Tavares) SABINO nasceu em Belo Horizonte, a 12 de outubro de 1923. Fez o curso primário no Grupo Escolar Afonso Pena e o secundário no Ginásio Mineiro, em Belo Horizonte. Aos 13 anos escreveu seu primeiro trabalho literário, uma história policial publicada na revista Argus, *da polícia mineira.*

Passou a escrever crônicas sobre rádio, com que concorria a um concurso permanente da revista Carioca, *do Rio, obtendo vários prêmios. Uniu-se logo a Hélio Pellegrino, Otto Lara Resende e Paulo Mendes Campos em intensa convivência que perduraria a vida inteira. Entrou para a Faculdade de Direito em 1941, terminando o curso em 1946 na Faculdade Federal do Rio de Janeiro.*

Ainda na adolescência publicou seu primeiro livro, Os Grilos Não Cantam Mais *(1941), de contos. Mário de Andrade escreveu-lhe uma carta elogiosa, dando início à fecunda correspondência entre ambos. Anos mais tarde, publicaria as cartas do escritor paulista em livro, sob o título* Cartas a um Jovem Escritor *(1981). Em 1944 publica a novela* A Marca *e muda-se para o Rio. Em 1946 vai para Nova York, onde fica dois anos, que lhe valeram uma preciosa iniciação na leitura dos escritores de língua inglesa. Nesse período escreveu crônicas semanais sobre a vida americana para jornais brasileiros, muitas delas incluídas em seu livro* A Cidade Vazia *(1950). Iniciou em Nova York o romance* O Grande Mentecapto, *que só viria retomar 33 anos mais tarde, para terminá-lo em dezoito dias e lançá-lo em 1976 (Prêmio Jabuti para Romance, São Paulo, 1980), com sucessivas edições. Em 1989 o livro serviria de argumento para um filme de igual sucesso, dirigido por* Oswaldo Caldeira.

Em 1952 lança o livro de novelas A Vida Real, *no qual exercita sua técnica em novas experiências literárias, e em 1954* Lugares-Comuns — Dicionário de Lugares-Comuns e Ideias Convencionais, *como complemento à sua tradução do dicionário de Flaubert. Com* O Encontro Marcado *(1956), primeiro romance, abre à sua carreira um caminho novo dentro da literatura nacional.*

Morou em Londres de 1964 a 1966 e tornou-se editor com Rubem Braga (Editora do Autor 1960, e Editora Sabiá, 1967). Seguiram-se os livros de contos e crônicas O Homem Nu *(1960),* A Mulher do Vizinho *(1962, Prêmio Fernando Chinaglia do Pen Club do Brasil),* A Companheira de Viagem *(1965),* A Inglesa Deslumbrada *(1967),* Gente I e II *(1975),* Deixa o Alfredo Falar! *(1976),* O Encontro das Águas *(1977),* A Falta que Ela me Faz *(1980) e* O Gato Sou Eu *(1983). Com eles veio reafirmar as suas qualidades de prosador capaz de explorar com fino senso de humor o lado pitoresco ou poético do dia a dia, colhendo de fatos cotidianos e personagens obscuros verdadeiras lições de vida, graça e beleza.*

Viajou várias vezes ao exterior; visitando países da América, da Europa e do Extremo Oriente e escrevendo sobre sua experiência em crônicas e reportagens para jornais e revistas. Passa a dedicar-se também ao cinema, realizando em 1972, com David Neves, em Los Angeles, uma série de minidocumentários sobre Hollywood para a TV Globo. Funda a Bem-te-vi Filmes e produz curtas-metragens sobre feiras internacionais em Assunção (1973), Teerã (1975), Mé-

xico (1976), Argel (1978) e Hannover (1980). Produz e dirige com David Neves e Mair Tavares uma série de documentários sobre escritores brasileiros contemporâneos.

Publicou ainda O Menino no Espelho *(1982), romance das reminiscências de sua infância,* A Faca de Dois Gumes *(1985), uma trilogia de novelas de amor, intriga e mistério,* O Pintor que Pintou o Sete, *história infantil baseada em quadros de Carlos Scliar;* O Tabuleiro de Damas *(1988), trajetória do menino ao homem feito, e* De Cabeça para Baixo *(1989), sobre "o desejo de partir e a alegria de voltar" — relato de suas andanças, vivências e tropelias pelo mundo afora.*

Em 1990 lançou A Volta por Cima, *coletânea de crônicas e histórias curtas. Em 1991 a Editora Ática publicou uma edição de 500 mil exemplares de sua novela "O Bom Ladrão" (constante da trilogia* A Faca de Dois Gumes*), um recorde de tiragem em nosso país. No mesmo ano é lançado seu livro* Zélia, Uma Paixão. *Em 1993 publicou* Aqui Estamos Todos Nus, *uma trilogia de ação, fuga e suspense, da qual foram lançadas em separado, pela Editora Ática, as novelas "Um Corpo de Mulher", "A Nudez da Verdade" e "Os Restos Mortais". Em 1994 foi editado pela Record* Com a Graça de Deus, *"leitura fiel do Evangelho, segundo o humor de Jesus". Em 1996 relançou, em edição revista e aumentada,* De Cabeça para Baixo, *relato de suas viagens pelo mundo afora, e* Gente, *encontro do autor ao longo do tempo com os que vivem "na cadência da arte". Também em 1996, a editora Nova Aguilar publicou em 3 volumes a sua* Obra Reunida. *Em 1998 a Editora Ática lançou, em separado, a novela "O Homem Feito" do livro* A Vida Real, *e* Amor de Capitu, *recriação literária do romance* Dom Casmurro, *de Machado de Assis. E ainda em 1998, além de* O Galo Músico *"contos e novelas da juventude à maturidade, do desejo ao amor", a Record editou, com grande* *sucesso de crítica e de público, o livro de crônicas e histórias* No Fim Dá Certo — *"se não deu certo é porque não chegou ao fim"* e em *1999,* A Chave do Enigma. *No mesmo ano foi agraciado com o Prêmio Machado de Assis da Academia Brasileira de Letras pelo conjunto de obra.*

Fernando Sabino faleceu em outubro de 2004, na véspera de completar 81 anos.

Este livro foi composto na tipologia Minion, em corpo
11,5/16, e impresso em papel off-white 80g/m² no
Sistema Cameron da Divisão Gráfica
da Distribuidora Record.